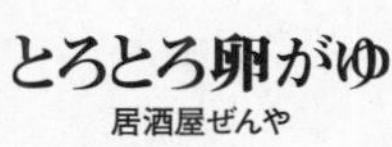

とろとろ卵がゆ

居酒屋ぜんや

坂井希久子

時代小説文庫

角川春樹事務所

目次

月見団子　7
骨切り　53
忍ぶれど　95
夢うつつ　137
持つべきもの　191

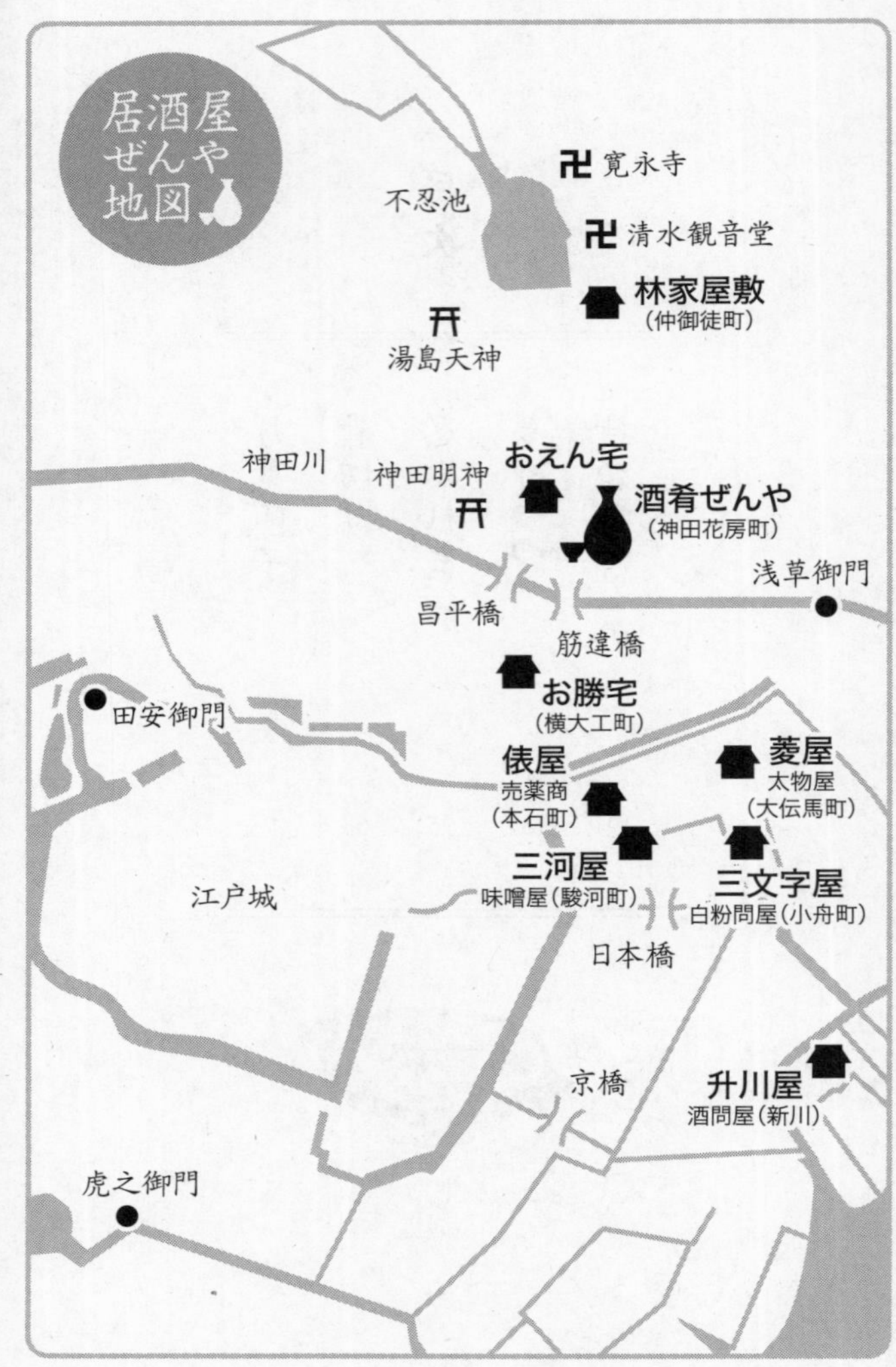

居酒屋
ぜんや
地図
寛永寺
不忍池
清水観音堂
林家屋敷
(仲御徒町)
湯島天神
神田川
神田明神
おえん宅
酒肴ぜんや
(神田花房町)
浅草御門
昌平橋
筋違橋
お勝宅
(横大工町)
田安御門
俵屋
売薬商
(本石町)
菱屋
太物屋
(大伝馬町)
三河屋
味噌屋(駿河町)
三文字屋
白粉問屋(小舟町)
江戸城
日本橋
京橋
升川屋
酒問屋(新川)
虎之御門

とろとろ卵がゆ

居酒屋ぜんや

〈主な登場人物紹介〉

林只次郎……小十人番士の旗本の次男坊。鶯が美声を放つよう飼育するのが得意で、その謝礼で一家を養っている。

お妙……神田花房町にある、亡き良人・善助が残した居酒屋「ぜんや」を切り盛りする別嬪女将。

お勝……お妙の義姉。「ぜんや」を手伝う。十歳で両親を亡くしたお妙を預かった。

おえん……「ぜんや」の裏長屋に住むおかみ連中の一人。左官の女房。

近江屋……深川木場の材木問屋。善助の死に関わっていた。

草間重蔵……かつて「ぜんや」の用心棒をしていた浪人。近江屋のもとへ戻った。

「ぜんや」の馴染み客

菱屋のご隠居……大伝馬町にある太物屋の隠居。只次郎の一番のお得意様で良き話し相手。

升川屋喜兵衛……新川沿いに蔵を構える酒問屋の主人。妻・お志乃は灘の造り酒屋の娘。

俵屋の主人……本石町にある売薬商の主人。ルリオの子・ヒビキを飼っている。

三河屋の主人……駿河町にある味噌問屋の主人。商売について只次郎から案を授かる。

三文字屋の主人……小舟町にある白粉問屋の主人。商売柄、美しいもの・甘いものに聡い。

月見団子

一

温かい汁物が、腹の底にじわりと染みてゆく。ほんの少し前まで湯気の立つ料理を暑苦しいと感じていたのが嘘のように、手足の先までじわりと血の巡る感覚がありがたい。

寛政五年（一七九三）、葉月も半ばとなり、朝晩が涼しくなってきた。日によっては冷えると感じるほどで、今朝がまさにそれである。足元が冷えるので、お妙は九月の重陽まで履かぬはずの足袋を行李から引っ張り出してきた。

「はぁ、旨い」

林只次郎もまた、朝餉の汁椀を手にしみじみと呟く。健やかな頬にほんのりと赤みが差し、まだ硬い桃のような、若者らしい色香が滲み出ている。

『ぜんや』に通いだしたばかりのころは、今少し子供じみていた気がするのに。指折り数えてみれば、もう三年近いつき合いだ。歳若い男子が成長するのに、充分すぎる年月である。

旗本の次男坊ながら家を出て、浪人のような暮らしをしているというのに、市井の垢が染みつかないのはなぜだろう。駿河町の大店、三河屋からの縁談が立ち消えて、不安定な立場なのは相変わらず。だが以前より、腰が据わったように感じる。

近いうちに三河屋の婿になり、ここ神田花房町から出てゆくものと思っていたから、まだこうして朝餉を共にしているのが不思議だ。あちらから持ち込まれた縁談を、あちらの都合で反故にされても、お浜を傷つけずに済んでよかったと言うお人好し。あのときは安堵のあまり力が抜けて、つい声に出して笑ってしまった。

林様が人のものにならなくてよかった。なんてことは、口が裂けても言わない。この男振りならば、いずれまたいい縁談が持ち上がるだろう。只次郎を成長させた三年は、お妙にとってはただ年増に磨きがかかっただけ。初々しい花の蕾のような娘さんと手を取り合ってほしいと心から願っている。

「どうしました、お妙さん」

お妙の視線に気づいたか、只次郎が汁椀から顔を上げた。まじまじと見すぎてしまった。

「骨、気をつけてくださいね」

内心の動揺を押し隠し、お妙はにっこりと微笑んだ。

椀の中身はアラ汁である。魚の骨からは実に味わい深い出汁が出るが、気づかずに啜り込んでしまうと喉を痛める。

「ええ、大丈夫——痛っ！」

言わんこっちゃない。顔をしかめた只次郎に驚き、お妙は手にした汁椀を置いて立ち上がった。

「刺さりました？」

「いや、平気です。歯茎です」

それだって、深く刺されば膿むかもしれない。

「見せてください」

「えっ、ちょっとお妙さん」

床几に座る只次郎の顎を支え、顔を近づける。ちょうどそのとき、勝手口の引き戸ががらりと音を立てて開いた。

「ねぇ、お妙ちゃん。そろそろやるかい？」

この底抜けに通る声は、裏店に住むおえんである。

だがどういうわけか、それ以上踏み込んでこようとはしない。

お妙ははっとして身を引いた。この体勢は誤解を生みかねないと、ようやく気づいた。

案の定、勝手口を振り返るとおえんはうっすらと笑い、一歩後ろに身を引いた。

「ごめん、出直してくる」

そのまま引き戸を閉めようとする。

「待ってください！」と、お妙は慌てておえんを引き留めた。

「いやぁ。悪いね、邪魔しちまって」

さっきまでお妙が座っていた只次郎の隣に腰掛けて、おえんがからからと笑ってい
る。

「しかも朝餉までいただいちゃってさ」と言いつつも、遠慮なくアラ汁を啜っている。

「べつに、そんなんじゃありません」

「はいはい、骨ね。アタシも気をつけなきゃ、お妙ちゃんに口の中を覗き込まれちまう」

目を三日月形に細めて、からかってくる口調の憎らしいこと。歯茎に骨が刺さった
くらい自分でどうとでもできるのに、なぜあんなふるまいをしてしまったのかと悔や
まれる。ましてやおえんに見られるなんて、「お妙ちゃんとお侍さんがデキてた」な
どと言いふらされないともかぎらない。

「んもう、変なふうに取らないでくださいね。林様にも迷惑ですから」

「いえ、私は構いませんよ」

だしに使おうとした只次郎まで、しれっとそんなことを言う。おえんが膝を叩いて喜んだ。

「よっ。言うようになったねぇ、お侍さん」

「それほどでも」

以前なら「ははは」と乾いた笑い声を立てて曖昧にしてくれただろうに、調子が狂う。言動の端々に自然と滲み出ていた好意を、只次郎は今や意図して出している。きっと知ってしまったからだ。自分の好意に、お妙が前から気づいていたということを。ならばもう、ごまかすことはないと開き直っている。昨日も米を臼で挽いて粉にしていたら、「代わりますよ」と言ってきた。

「悪いですから」と断ろうとすると、「少しくらい頼りになるところを見せたいだけです」ときたものだ。そしてお妙がやるよりずいぶん早く、米を粉にしてくれた。

近ごろそんな調子だから、お妙まで当てられておかしな行動に出てしまったのだ。いけない、気持ちを引き締めなければ。いい歳をして、若者の想いに引きずられている場合ではない。

そんなふうに己を戒めるお妙をよそに、おえんがしみじみと呟いた。

「コイかねぇ」

「なっ、なにを言うんですか、おえんさん」

うっかり声が裏返ってしまった。そんなお妙の反応を見て、おえんがにやりと頬を持ち上げる。

「いや、このアラ汁のことなんだけど」

やられた、恋と鯉のひっかけだ。すっかりおえんに弄(もてあそ)ばれている。お妙は額に手を置き、ため息をついた。

「それは魬(はまち)です」

「魬？」

「江戸では鰍(いなだ)ですね」

魬も鰍も、出世魚である鰤(ぶり)の若魚だ。成長と共に名前が変わる上に、地方によって呼びかたが違う。たとえば江戸では小さい順に鰒(わかし)、鰍、稚鰤(わらさ)、鰤。上方では津走(つばす)、魬、目白、鰤。鰍と魬がちょうど同じくらいの大きさになる。

「へぇ、ややこしいね。なんだってそんなに名前がいっぱいあんのさ」

おえんの素朴な疑問に、答えたのは只次郎だ。

「それは、鰤になるまでに五年はかかるからじゃないですか。『小さめの鰤』とか

『鰤の若魚』として売るよりも、大きさで区切って名前をつけてしまったほうが売りやすいでしょう。だからきっと、各地の漁師さんがつけたんですよ」

「なるほどねぇ。名前をつけちまえば安く買い叩かれないってわけか」

当て推量にすぎないが、遠く外れてもいないだろう。

名前のつけられていない事物は、存在しないのと同じことだ。逆に言えば同じ魚でも、名前を変えただけで新たな価値が生まれてくる。だからこそお妙は只次郎に対して抱いているこのもやもやとした気持ちに、決して名前をつけるまいと思っていた。

「けど名前は違えど、味は同じだ。美味(おい)しいもんだねぇ」

鰤がそうであるように、鰍も脂の多い魚だ。アラとはいえ、くどさのない良い脂が出汁に染み出て旨みが増す。上品な料理ではないかもしれないが、ひんやりとした朝にはこの上なくありがたい。

「本当に、骨には気をつけてくださいね」

「なんだかんだ言って、優しいよね、お妙ちゃんは」

ふふふ。おえんが含み笑いを洩(も)らす。

そりゃあ相手は六月(むつき)の妊婦だ。優しくしないほうがどうかしている。

かなり痩(や)せたとはいえ元が太り肉(ふとじし)だったため、着物を着ていれば目立たないが、腹に手を当ててみるとたしかに前に突き出ている。辛かった悪阻も治まり、今まさにぐんぐんと子が育っているところだろう。このままいけば年内には生まれるのだから、すごいことだ。母体にかかる負担は計り知れない。

「おえんさんのためじゃありません。赤ちゃんのためです」

それでも悔しいので、負け惜しみを言ってやった。おえんは「おや」と首をすくめる。

「お妙ちゃんまで言うようになっちまった」

二

「はぁ、美味しかった。ごちそうさま」

家でも朝餉を食べてきたというが、アラ汁もすっかり綺麗に平らげて、おえんが腹をさすっている。悪阻が明けてからというもの、とにかく腹が空くらしい。近ごろの口癖は、「なんせ二人分だからさ」である。

「はあ。お腹いっぱいになったら、なんだか眠くなってきちまったよ」

「いけませんよ。これから手を動かしてもらわなきゃいけないんですから」

「ああ、そっか。そうだったね」

朝っぱらから訪ねてきた目的を、忘れかけていたらしい。まったく調子のいいことだ。

そうこうするうちに表の戸が開き、義姉のお勝が「お揃いかい？」と顔を出す。いつもなら通ってくるのは昼四つ半（午前十一時）ごろ。それが今日はまだ朝五つ（午前八時）になったばかりで、只次郎が「あれ」と目を丸くした。

「お勝さんまで。こんな早くにどうしたんですか」

「団子を作るのさ」

お勝は来て早々に、店に置いてある前掛けを腰に巻いている。お妙も調理場に入り、吊り棚から蒸籠を取り出した。

「ほら、昨日お米を挽いてくださったでしょう」

「ああ、お月見ですか」

ようやく合点したらしく、只次郎は手を打ち鳴らした。

八月十五日、言わずと知れた十五夜である。

「そうさ。今年は暦が忙しないもんで、明日がもう彼岸の入りだろ。団子とおはぎ、二日続けて作らなきゃいけないってんで、三人でやることにしたんだよ」

さっきまで忘れていたくせに、おえんが得意げに喋(しゃべ)っている。まぁいい、三人で力を合わせれば楽だというのは建前で、身重なおえんの負担を減らすために申し出たのだ。力仕事はこちらで請け負うつもりである。

「へぇ、楽しそうですね。私も手伝っていいですか」

「お侍さんが？」

「ええ。男が月見団子を作ってはいけないという決まりはないでしょう？」

もちろんない。元から身分や性別の垣根が低い男ではあったが、このところ只次郎はなにごとも挑戦とばかりにやりたがる。なんといっても葵(あおい)のご紋に似ているからと、武士が食べない胡瓜(きゅうり)を口にするようになった。しかも擂(す)り下ろしたものや縦に割ったものではなく、輪切りである。

はじめて胡瓜と茗荷(みょうが)の酢の物を口にしたときは、「こんな旨いものを今まで食べてこなかったなんて」と呆然(ぼうぜん)としていた。腰に二本は差したままだが、おそらく只次郎なりにこれからの生きかたを模索しているのだと思う。

「じゃあ、お願いします」

前掛けなら太物(ふともの)問屋の菱屋(ひしや)のご隠居が、ことあるごとに贈ってくれる。そのうちの一枚、紺地の霰(あられ)模様を差し出すと、只次郎は意気揚々と立ち上がった。

月見団子はお月様に供えるものを十五個、その他に小団子を家中の者一人につき十五個ずつ作るのが習わしである。ゆえに人を多く抱える家は大変で、今ごろ大商家の台所は準備にてんてこ舞いであろう。升川屋（ますかわや）のご新造（しんぞ）であるお志乃（しの）あたりも、額に汗して女中を追い回しているに違いない。

その点、奉公人のいない庶民は楽なもの。お妙たちの場合はお供え用を三組、小団子は六人分作れば事足りる。

「さぁ、いきますよ。熱いですから気をつけて」

大きなこね鉢の中には、米粉と砂糖、塩少々。お妙はそこに、分量の熱湯を流し込む。そのこね鉢を抱えるようにして、小上がりに座っているのは只次郎だ。熱いのでまずは菜箸（さいばし）でさっと混ぜ、それから手でよく捏（こ）ねてゆく。

「これ、お湯の量足りてます？」

米粉の量が多いので、粉っぽく感じたのだろう。只次郎は不安げだが、問題ない。

「平気です。水気が粉にしっかりと行き渡るように捏ねてください。硬さは耳たぶくらいです」

「耳たぶ？」

目安が分からなかったのか、只次郎は鉢の縁を支えていた左手で自分の耳たぶに触れている。だいたいでいいのにと微笑ましく見ていたら、その手がこちらに伸びてきた。

「うん、お妙さんのほうが柔らかい」

きゅっと耳たぶを摘まれて、危うく飛び上がりそうになる。耳たぶは冷たいから、只次郎の指が必要以上に熱く感じた。

「誰のもさして、変わりませんから」

驚きが顔に出なかっただろうか。お妙は微笑みで取り繕い、身を引いた。只次郎が名乗り出てくれたお陰で手持ち無沙汰にしているお勝とおえんが、床几から興味深げな眼差しを送ってくる。

あの二人を、無駄に喜ばせてどうする。団子を蒸す用意をしておかねば。だが耳たぶに残った只次郎の指の熱は、なかなか去らない。

「ああ、これはけっこう大変だ」

只次郎は腰を浮かし、目方を乗せて種を捏ねはじめる。そういえば旦那衆と蕎麦打ちをしたときも、こんなふうに蕎麦を捏ねていたっけ。どうりで手慣れて見えるわけだ。大変と言いつつも、またたく間に種をまとめ上げてしまった。

「どうだい、耳たぶかい？」

もう、耳たぶのことは蒸し返さないでほしい。分かっていて尋ねてくるお勝を遣り過ごし、捏ね上がった種を千切って手に載せてみる。ちょうどいい硬さだった。

この量を一気には蒸せないので、まずは第一陣だ。蒸籠に濡れ布巾を敷き、ひと握りずつ千切った種を並べてゆく。

そして蒸すこと四半刻（三十分）足らず。蒸し上がった順に木桶にあけて、なめらかな餅状になるまで濡らした擂り粉木で搗いてゆく。次々と蒸し上がるので、これはそれぞれで手分けをして取りかかった。

さて、いよいよ丸める段だ。皆で小上がりに座り、四つに分けた種を膝先に置く。

「ねぇ、大きさを決めといたほうがいいんじゃない？」

そう言いだしたのはおえんだった。たしかに大きさがちぐはぐでは格好がつかない。

「お供え物は、二寸（約六センチ）から三寸五分（約十センチ）くらいって言うよね」

「三寸五分だと種が足りなくなりそうですから、二寸五分（約七センチ）にしましょうか」

月に供えるための団子は、銘々が食べるぶんより大きく作るのが普通である。いくつか千切ってみて、お供えは二寸五分、小団子は十五夜にちなんで一寸五分（約四センチ）と決まった。

「では手の大きい私が主にお供え用を作りますから、皆さんは一寸五分を作ってください」

只次郎が申し出てくれて、役割も決まった。

種をひたすら千切って丸めてゆくのは、子供のころの泥遊びのようで楽しい。自然と会話も弾むというものだ。

「名前が違うといえばさ、ぼた餅とおはぎもそうだねぇ」

先ほどの飯と鰍の話を思い出したか、おえんが膝を楽にして笑う。

糯米を餡子で包んだ同じ菓子でも、季節にちなんで春彼岸にはぼた餅、秋彼岸にはおはぎと呼び名が変わる。言われてみれば食べるものを変えるのではなく、名前のほうを変えるというのは面白い。

「そんなことを言ったら夏は夜舟で、冬は北窓じゃないか」

「えっ、なにそれ知らない」

「ほら、おはぎは糯米を杵と臼で搗くんじゃなくて、擂り粉木で半殺しにするだけじゃないですか。だから『搗き知らず』にかけてあるんですよ」

お妙がお勝の発言を補足しても、おえんはまだきょとんとしている。

「ああ、なるほど！」と、先に閃いたのは只次郎だ。

「暗い夜の舟は『着き知らず』、北の窓は『月知らず』ですか」

「そのとおりです」

ただの言葉遊びだが、はじめに考えたのは誰だったのだろう。あの武骨ともいえる菓子ひとつで、よくぞここまで洒落たことが言えたものだ。

おえんも「へぇ！」と感心している。

「大きさだの、季節だの、西と東だの、そういう違いを見つけてくってのは楽しいかもねぇ」

そういえばと、お妙は手元の団子に目を落とす。江戸暮らしが長くなり、誰に言われずともまん丸に形作るようになってはいるが。

「西と東では、この月見団子も形が違いますよ」

「えっ、そうなの？」

「里芋の形を模して、俵形みたいに作るんだったたね」

お勝が続きを引き取った。八月の十五夜は芋名月、里芋の収穫を喜ぶ祭りでもある。

ちなみに九月の十三夜は栗名月だ。

「ええ、それを黄粉で食べます」

かつてお勝がその上方風を、わざわざ拵えてくれたことがある。まだ江戸に来たばかりで料理の味つけが合わず、慣れ親しんできたものとは違う風習に戸惑っていたころだ。たかだか団子だが、当時はあの懐かしい形に救われた。

「それも美味しそうですねぇ」

食いしんぼうの只次郎が、ぺろりと舌なめずりをする。

「いいねぇ。アタシが食べるぶんは、上方風に作ってみようかな」

おえんも興味を引かれたようだ。お妙はふふっと含み笑いを洩らす。

「いいですけど、お団子の数は十二個ですよ」

「ええっ、なんでさ十五夜なのに」

「なんでも一年のうちの十二の月を表しているとか。ですから閏年は十三個ですね」

「じゃあ、やめた！」

取り分が減るのはご免とばかりに、おえんは俵の形に作りかけていた団子をくるくると丸め直した。物珍しさよりも、大事なのは量である。

お供え団子を作っている只次郎も量を取ったのか、自分のぶんを上方風にしてくれとは言いださなかった。

丸めた団子はもう一度、さっと蒸し直すともっちりとして、時間を置いても硬くなりづらくなる。それを団扇で扇いで艶を出し、十五個ずつ積み上げていった。

お供え団子は三方に、銘々で食べるぶんは皿に。竹笊には里芋、薩摩芋、栗、柿、葡萄を盛り、それも供え物とする。

さてどこに置こうかと考えて、入り口の近くに縁台を出し、尾花を添えて飾っておいた。ここなら表の板戸を開け放しておけば、夜には月の光が差し込むだろう。

「さ、急いで下拵えもしてしまわないと」

襷を締め直し、気合いを入れるためわざわざ口に出してそう言った。すでに朝五つ半（午前九時）を過ぎている。急がないと昼餉の客に間に合わない。

「手伝うことはあるかい？」

「ううん。早めにできることは、ある程度やっておいたから」

「そうかい。じゃあアタシはいったん帰らせてもらうよ」

作った団子を、横大工町の家に置いてくるのだ。大工の棟梁である夫の雷蔵は、お勝よりも帰りが早い。誰もいない家に帰っても団子があれば、空腹が紛れるだろう。

「はぁ、なんだかまた腹が空いてきちまったよ」

アラ汁を平らげてからまだ一刻（二時間）も経っていないというのに、おえんはもう胃の腑のあたりをさすっている。まさに「二人分」の食い気である。見世棚に身を乗り出して、調理場に立つお妙の手元を覗き込んできた。

「今日はなにを作るんだい？」

「せっかくの十五夜ですから、まん丸づくしにしようかと」

「まん丸？」

「ええ。たとえば、ほら」

そう言って、お妙は見世棚に置いてあった鍋の蓋を取る。朝起きてすぐに作っておいた、鰍と大根の煮つけだ。輪切りにした大根は、切り口がまん丸で満月のようである。

「そりゃあ面白そうだ。後で食べにきていいかい？」

「それはもちろん」

薩摩芋を輪切りにしつつ、頷き返す。

まん丸な月は、産み月の女を思わせる。実際に満月の夜はお産が多いと、医者だった父に聞いたことがある。ならば満月を模った料理は安産祈願になるかもしれない。おえんにも、ぜひ食べてもらいたかった。

三

昼時の『ぜんや』は相も変わらず、魚河岸の男たちでごった返す。朝からひと仕事を終えてきた、魚の目利きたちである。酒が入っているぶん、たまには手厳しいことも言われる。

「なんだよ、鰍があるんなら、俺ぁ刺身で食いたかったなぁ」

鰍と大根の煮つけをつまみながら、文句を言っているのは仲買人の「マル」である。

「正直なところ、鰍の刺身は鰤より旨い。鰤より脂っこくねぇのがいい。それを煮つけにしちまうたぁねぇ」

こちらもつき合いが長くなってきたので、歯に衣着せない。鰤は冬の魚だが、鰍は魚に秋と書くだけあって、夏から秋が旬である。刺身で食べたかったという気持ちも分からぬではない。

「でも今日はほら、まん丸づくしだからだろ。この車海老の焼き真薯だってまん丸じゃねぇか」

「マル」の絡み酒に、苦言を呈してくれたのは仲間の「カク」だ。ウマが合うのか、いつも二人で連れ立って来る。

「でもよぉ、見た目にばっかこだわるのもよぉ」

「見た目も含めて旨いのが、お妙さんの料理だろうが。そんなに刺身が食いてぇなら、自分で捌いて食ってやがれ！」

そうだそうだと、周りから囃す声が上がった。それでも喧嘩にならないのは、気心の知れた仲だからだろう。「マル」は「ちぇっ」と口を尖らせただけで、矛を収めた。

「すみません。次に鰍が入ったら、お刺身にしますね」

「おう、頼んだよ」

お妙は「マル」を言い負かされたままにせぬよう、気を配る。一から十まで聞き入れられるわけではないが、客の声は無下にできない。ましてや相手は魚の目利きの仲買人だ。聞く耳は持ったほうがいい。

「気にしねぇでくれよ、お妙さん。団子を作ってくれるお内儀がいねぇ若い奴らもいるんだ。このまん丸づくしを見て、はじめて今日が十五夜だって気づいたとさ。なぁ？」

「はい、ありがとうございます。『ぜんや』に来ていなかったら、今夜の月を見逃していたところです」

「カク」に顎先で促され、まだあどけない若者が立ち上がる。月代の青さが初々しい。

「そうですか。少しでもお役に立てたなら、なによりです」

お妙がにっこりと微笑み返すと、若者は首まで真っ赤に染まった。

「ああ、うまぁい！」

そんな若者からお妙の気を逸らそうとしてか、魚河岸の男たちに混じって昼飯を食べていた只次郎がわざとらしく声を上げる。

「この、粕漬け卵っていうんですか？　酒粕の風味が染みて、酒の肴にぴったりですね」

褒めそやしている料理は、ゆで卵を酒で溶いた酒粕に漬け、二日ほど置いたものだ。まん丸づくしだから、それを輪切りにして盛りつけてある。ただのゆで卵とはひと味違う、大人の味である。

「あの人も必死だねぇ」

酒の入ったちろりを運んでいたお勝が、お妙の脇を通り過ぎざまに囁いてゆく。

いらぬことを。だが幸いにも魚河岸の男たちは、只次郎の作為に気づかぬようだ。

「俺は、小芋の柚子味噌煮が気に入ったね。月見といや衣被ぎだが、こりゃまた一風変わってやがる。味噌が白味噌なのもほら、黄色いお月様みてぇだよ」

「この豆腐饅頭（とうふまんじゆう）も食ってくれよ。豆腐にひじきが練り込まれててさ、真ん中に黄色い銀杏（ぎんなん）が埋まってる。こりゃあ差し詰め、雲の切れ間に覗く月ってところか」

「薩摩芋がほくほくの、羅漢汁（らかんじる）も旨（うめ）ぇ。それじゃあこっちは、水面（みなも）に映る月かな」

誰も彼も、まるで詩人のように料理を月に見立ててゆく。それだけまん丸づくしを楽しんでくれているのだ。

「今宵、月は出るかねぇ」

「どうだろう。今のところ雲が多いな」

「風が散らしてくれりゃいいんだがなぁ」

「ま、ここでひと足先に月見酒といこうや」

棒手振（ぼてふり）も荷担ぎも、料理の中の月を愛（め）でる。風流心は誰の心の中にもある。

「たしかに、見た目は大事だな」

その様子を見てちびちびと酒を飲んでいた「マル」が、苦い顔をしつつも負けを認めた。

「お妙ちゃん、来たよ」

昼八つ（午後二時）近くになってから、勝手口が開き、おえんがやって来た。頬に畳の痕がついており、さっきまでうたた寝をしていたようだ。

「おっ。裏の姉さん、久し振りだな」

顔見知りの「カク」が気づき、手招きをする。店の中は少し空いてきたとはいえ、床几も小上がりもまだ埋まっている。「カク」は酒樽を引き寄せるとそちらにひょいと移り、一人分の空きができた床几を指し示した。

「ほらよ、座んな」

「悪いね、ありがとう」

おえんが身重と知っているから、皆優しい。煙草を吸っていた「マル」も、さりげなくおえんとは逆の方向に煙を吐く。子というのは親だけでなく、周りの大人たちで手助けをして育ててゆくものだ。まだ腹の中にいたとしても、同じである。

「どうだい、恙ないかい？」

「カク」に腹の子は順調かと聞かれ、おえんは「ああ」と頷いた。

「二人分だから、腹が減ってしょうがないけどね。アタシもう、自分の月見団子を全部食べちまったよ」

「ええっ！」

「カク」の傍らにもう一つ酒樽を置き、そちらに酒器などを移していたお妙は、つい驚きの声を上げてしまった。

「お供えと亭主のぶんにはまだ手を出しちゃいないよ」

「それでもちょっと、食べすぎでしょう」

一寸五分の小団子とはいえ、十五個もあったのだ。朝餉と昼餉の間に食べ尽くすにしては、少しばかり量が多い。

「うん、たしかに食べすぎだ」

子を産み育ててきたお勝も腕を組み、おえんの体をまじまじと眺めている。

「たしかに子のためにはしっかり栄養を取らなきゃいけないけど、肥えすぎてもよくないんだよ。アンタ、このところ運動をしていないだろ」

少し前まで子ができやすい体を作ろうと、毎日歩くようにしていたおえんである。だが悪阻で寝込むようになってからはそれどころではなく、せっかくの習慣がそのまま途絶えてしまっていた。

「昼餉を食べたいならその前に、小半刻（三十分）ほどそこいらを歩いてきな」

「そんなぁ」

お勝に運動を命じられ、おえんが情けない顔をする。助け船を求めて周りを見回すも、誰もがお勝に同意して頷いている。食い気のはやった魚河岸の男たちでさえ、団子十五個は多いと感じたのだろう。

「よろしければ、私がお供しましょうか」

小上がりに座っていた只次郎が、男たちの頭の向こうからひょっこりと顔を出す。

「お侍さんまで！」と、おえんは唇を尖らせた。

それでもここから動きたくはないらしい。「ところで、今気づいたんだけどさ」と、話の流れを変えてきた。

その手には乗りませんよと思いつつ、お妙はおえんが指差す先に顔を向ける。

「お供えの団子、減ってない？」

「あら、本当」

入り口近くの縁台に飾っておいたお供えである。十五個を三角に積み上げておいた団子の、てっぺんがなくなっている。

「なんだと、先に帰った奴が取ってきやがったか？」

とたんに「マル」が色めき立つ。仲間の仕業なら許さないという気構えである。

「まぁまぁ。あの場所なら外からでも手を伸ばせば取れますし、誰ということもないでしょう」

「鷹揚（おうよう）すぎるぜ、お妙さん」

「そうでもないですけど、私の故郷には団子突きの習わしがありましたから」

「団子突き？　なんだい、それは」

と、すぐさま食いついたのはおえんだ。言葉の響きから、なにか旨そうなものを想像しているのかもしれない。

「竹竿の先にこう、針なんかつけて、子供たちが隣近所のお供え団子を突いて盗むんです」

「けしからん習わしですね」

小上がりの只次郎が眉をしかめている。お妙はやんわりと首を振った。

「でもお供え団子は、盗まれるほどいいんです。神様が食べてくれたと喜ぶんですよ。盗んで食べたほうも、将来長者になるなんて言われていました」

「へぇ、なんだかのんびりしてんだねぇ」

団子突きは町中よりも郊外のほうが盛んに行われていたから、おえんの言うとおり長閑なものだったのだろう。十五夜の夜だけは畑の野菜を盗んでもお咎めなし、というのまであった。

「ですからあれも、神様が召し上がったということで」

「なるほどねぇ。まぁお供えなんてのは皆で分け合って食べるものだから、それでいした。

「いいから、アンタはさっさと歩いてきな！」と、お勝が急かすように足を踏み鳴らした。

「よくないよ。アタシの分け前が減っちまう！」

まさか、まだ食べるつもりでいるのか。

「マル」が「ううむ」と唸っている。その隣で、おえんが色をなして叫んだ。

いのか」

四

フニャーン、と背後で猫の鳴き声がする。お勝とおえんはまだ歩くの歩かないのと押し問答を続けており、聞こえなかったらしい。お妙だけが振り返る。

「あら、シロ」

少しばかり薄汚れてはいるが、馴染みの白猫である。お妙の呟きを聞きつけて、おえんも「おや」と腰を上げた。

「駄目だよ、こっちに来ちゃ。ここの二階には馬鹿高い鶯がいるんだからさ」

只次郎の鶯に悪さをしてはいけないから、シロは『ぜんや』に立ち入れぬことになっている。それでもおえんの気配を嗅ぎつけて、こちらに来てしまったのだろう。

シロが産んだ子猫たちは貸本屋を営む大家や、近くの搗き米屋などにもらわれてゆき、シロ自身も裏店のおかみさんたちに重宝されている。なにしろ猫が一匹いるだけで、鼠や油虫が出なくなるのだ。そのお礼にと魚のアラや鰹節をもらい、痩せっぽちだったシロはすっかり毛艶がよくなった。

「どこで遊んでたんだい、毛が汚れてるじゃないか。ん、なんだい？」

口になにか咥えているようだ。しゃがんで話しかけてくるおえんの足元にそれを置いて、シロは誇らしげに顔を上げた。

「ひゃっ！」

猫は捕らえてきた獲物を飼い主に見せたがる。鼠と思ったか、おえんが飛び上がりそうに片足を上げた。

「ん、亀？」

よくよく見れば、小さな銭亀の甲羅である。死んでいるのかと思いきや、しばらく待つと手が出て足が出て頭が出て、土間の上をのたりのたりと歩きだす。よかった、生きていた。

「あ、コラ。いけないよ」

動き出した獲物にとどめを刺そうとするシロをおえんが制し、お妙が亀を掬い上げる。女の手のひらに載せても亀は、まだ小さい。

「ああ、びっくりした。なんでまた亀なんか」

「放し亀なんじゃありません？」

八月十五日には捕らえた生き物を放し殺生を戒める、放生会が行われる。そのための放し亀、放し鳥、放し鰻が、神社仏閣や橋のたもとなどで売られているのだ。おそらくこの亀はそこから逃げたか、川に放たれたかしたところを、シロに捕らえられたのだろう。

「ちょっと、放生の亀なんか咥えてきちゃ駄目じゃないか」

叱ったところでシロには伝わらない。目の前に手頃な獲物がいた、ただそれだけのことだ。

「しょうがねぇ、俺が川に放してきてやろう」

「マル」がそう言って立ち上がる。店の前を流れる神田川に放そうと思ったら、下草の生えた土手を降りてゆく必要がある。だが酒が入ったその足取りは覚束ない。

「『マル』さんは座っててください」

「じゃあ、俺が」

「『カク』さんもですよ」

二人とも、同じくらい酔っている。土手で転んで怪我でもされてはかなわない。

「私が行きますから」

この店の中で、今一番足腰がしっかりしているのは自分らしい。そう判断して、お妙は亀を手のひらに載せたまま往来に出た。

滑りやすい土手の斜面を、気をつけてゆっくりと下りてゆく。昨日雨が降ったせいで下草が濡れており、すぐに足を取られそうになる。河原の砂利を踏んで、お妙はほっと人心地ついた。

放生は、もう少し上流で行われているのだろうか。筋違橋のたもとには、放し亀売りの姿はなかった。

さて、どのへんに放してやるのがいいだろう。周りを見回し、お妙は困惑げに眉を寄せる。

「おい、そっちに行ったぞ。捕まえろ！」

川遊びの季節でもあるまいに、年若い男が尻っ端折りで川の中に入っていた。六つか七つの女の子を連れており、なにやら怒鳴りつけている。

「あっ、馬鹿。逃げちまったじゃねぇか！」

女の子の手から逃れて川に流れていったのは、お妙の手のひらにいるのと同じ銭亀だ。どうやら二人は、放し亀を捕まえようとしているらしい。

もしや、放し亀売りの仲間だろうか。放生で放たれた亀を捕まえ直し、何度でも売ると聞いたことがある。亀にとっては迷惑極まりない話である。

困った、これでは亀を放せない。場所を移したほうがよかろう。

「ちょっと、アンタ！」

ところが下流に移動しようとしたところで、男に呼び止められた。気づかぬふりで去ろうとしたが、水から上がって足早に近づいてくるではないか。

「やっぱり亀だ。それ、おくれ！」

お妙の手のひらを覗き込み、不躾（ぶしつけ）にもくれと言う。

間近に見ると男は只次郎よりも若そうだ。まん丸づくしのお陰で今日が十五夜だと気づいたという、さっきの若者くらいだろうか。いくら若いといっても、礼儀がなってなさすぎる。

お妙はあえて冷静に、問い返した。

「どうして？」

「売るに決まってんだろ。こっちは腹が減ってるんだ。さぁ、早く！」

左手には手拭いを袋状にして握っており、捕まえた亀を入れているらしい。男は古着ながら見苦しからぬ格好をしているが、離れたところからぼんやりとこちらを見ている女の子は擦り切れて穴の空いた襤褸を着ている。髪も結われず、ざんばらのお下げ髪だ。

「娘さんですか？」

歳を考えると無理があるのを承知で尋ねてみる。

「はぁ、そんなわきゃねぇだろ。前の女が置いてきやがったのさ」

見たところ、男は顔の作りだけはいい。年増女たちの間を渡り歩き、食わせてもらっていたのかもしれない。そう思わせるだけの、ただれた気配が滲んでいる。そしてそんな男に娘を押しつけ、姿をくらましてしまえる女だっている。

「お腹が空いているなら、うちに来ませんか。すぐそこで居酒屋をやっております」

「だから、金がねぇんだってよ」

「少しくらいはご馳走しますよ」

男のことはどうだっていいが、痩せこけた女の子が心配だった。体つきから察するに、骨まで細い。男に預けられる以前から、ろくなものを食べさせてもらっていないのだろう。

「本当かい？　姉さんみてぇな綺麗な女なら、俺だってやぶさかじゃねぇぜ」

艶めいたお誘いと勘違いしているようだが、女の子に飯を食べさせてやれるならなんだっていい。店に戻れば屈強な男たちがいるのだから、よからぬことには及べまい。

「お梅(うめ)、ぐずぐずしてねぇでこっち来い。この姉さんとこに行くぞ！」

男に呼びかけられると、踝(くるぶし)まで川に浸(つ)かっていたお梅はよたよたと水から出てきた。この歳ごろの子供は、一人で生きてゆけぬことをよく知っている。男に懐いてなどいないが、ついて行かねばたちまち路頭に迷うのだからしかたないと、浮かぬ足取りが物語っていた。

「行きましょうか」

お妙はお梅に手を差し伸べる。すると頭上から、野太い濁声(だみごえ)が降ってきた。

「おい、人の亀を勝手に捕まえてるってのは、てめぇらか！」

振り返ると土手の上に、人相のよからぬ男たちが三、四人集まっている。今度こそ放し亀売りの仲間のようだ。

「おっと、いけねぇ！」

言うが早いか若い男は身を翻(ひるがえ)し、河原の砂利を踏んで川下へと駆けてゆく。

「待ちゃあがれ！」

強面たちのうち二人もとっさに土手を滑り降り、逃げる男を追いかけた。

「あっ！」

後に続こうとしたお梅は、袂からなにかが転がり落ちて立ち止まる。丸くて白い、二寸五分の団子だった。

しゃがんでそれを拾い、泥を払ってまた袂に入れる。そして立ち上がったころにはもう、逃げた男の姿は見えなくなっていた。

「おお、なんだよアンタ。よく見りゃ別嬪じゃねぇか」

濁声の男は、まだ土手の上に立っている。お妙に向かって、わざとらしく舌舐めずりをしてみせた。左の眉が刀傷で途切れている。そんなところに怪我を負うなんて、ろくな者ではないだろう。

「こりゃあ人様の物を取ったらどうなるか、じっくり教えてやらにゃなりますめぇ」

土手に残ったもう一人の男も、ヒッヒッと肩を揺らして笑う。

濡れ衣ではあるが、お妙は亀を手に載せていた。これはいったい、どう言い逃れをしたものか。

「どうかしましたか？」

強面たちの背後から、よく知っている声がする。彼らの肩越しに、只次郎の顔が見えた。

「その人は、迷い亀を放しに来ただけなんですが」

戻りが遅いので、様子を見に来てくれたのだろう。男たちを前にしても、のんびりと笑っている。

「ああ、そうかい。いえね、あっしらは亀泥棒がいると聞いて来たもんで」

「その人は違いますよ」

「旦那の連れなら間違いねぇ。こりゃあ、失礼しやした」

誰だって、侍相手に事を構えたくはない。強面たちは急に腰を低くして、「おい」と顎をしゃくると川下に向かって駆けてゆく。さっきの男を探しに行くのだろう。

お妙はほっと肩の力を抜き、亀を水辺の芦(あし)の中に放してやった。

「大丈夫ですか？」

只次郎が心配顔で、土手の上から手を差し伸べてくる。顔が熱い。今はとても、その手を握れそうにない。

「おいで」

お妙は所在なげなお梅に手招きをする。幼い目がこちらを訝(いぶか)しげに見上げてきた。

「泥のついていないお団子を食べさせてあげる」

微笑みかけると、黒目がちな瞳が揺らぐ。戸惑いを滲ませつつも、小さな頭がこくんと揺れた。

月見団子はそのまま食べるより、軽く炙ったほうが美味しい。

お供え団子を三つ拝借して、手のひらで少し押し潰す。七厘に網を載せ、それを炙る間に醤油、味醂、砂糖で甘辛いタレを作っておいた。

団子の両面に焼き色がつけば、刷毛でたっぷりとタレを塗る。仕上げにこれまたさっと炙った焼き海苔で巻き、皿に盛った。

お梅は小上がりの縁に座り、床につかぬ足をぶらぶらと揺らしている。団子を盗んだ店と分かったのか、『ぜんや』を見るなり逃げようとしたが、それより空腹が勝ったらしい。「叱らないから」と言うと、素直に中までついてきた。

醤油の焦げる香ばしいにおいに促され、涎が湧いて出るようだ。お梅はしきりに着物の袖で口元を拭っている。

「はい、どうぞ」

皿を折敷に載せて出してやると、手で摑んで一心不乱に食べはじめた。

「ゆっくりでいいのよ。温かい汁もいる?」

お梅は言葉を発しない。団子に歯を立てながら、大きく頷く。

川の水もそろそろ冷たい。きっと体が冷えているだろう。お妙は羅漢汁を温め直し、大ぶりの椀によそってやった。

「しっかし、ひどい親もあるもんだなぁ」

義憤にかられ、頭から湯気を上げているのは「マル」である。歩きに出ようとはせず床几に座ったままだったおえんも、「まったくだ!」と拳(こぶし)を握った。

「子がほしくても、なかなかできない夫婦もいるってのにさ。どうしても育てられないんなら、信の置ける里親を見つけてくるのが筋だろう」

子供は周りの大人たちで手助けをして育てるもの。だが大人が皆いい人とはかぎらない。周りがろくでなしばかりだと、子が辛い目を見る羽目になる。せめて生まれるところを選べればいいのにと思うと、もどかしい。

「だがその逃げた男ってのも、お梅ちゃんを吉原(よしわら)に売り飛ばさなかったあたり、根っからの悪人ってわけでもないんだろうなぁ」

「それでもぼんくらには違いないよ。見てごらん、よっぽど腹が空いてたんだろうねぇ」

見知らぬ男の、なけなしの美点を探そうとする「カク」に向かって、お勝が顎をしゃくってみせる。お梅は息を吐く間も惜しむほどに、羅漢汁を掻き込んでいる。箸の持ちかたを教えてもらえなかったのか、握り箸で食べていた。

「迎えに来るかねぇ」

「さてね」

「でも迎えに来たところで、めでたしめでたしってわけでもないでしょう」

近くで居酒屋をやっていると言っておいたから、探そうと思えばこの店を見つけられるはずだ。だがあの男にそんな義理はない。おそらく来やしないだろう。

「締めつけの厳しかった老中筆頭が失脚してくれたお陰で、真面目に働きゃ仕事はいくらでもあるのによぉ」

「マル」の嘆きに、心の臓が跳ね上がる。前の老中筆頭を失脚させたと思われる、善助殺しの黒幕についてはもう、追及しないと心に決めた。それよりも日々の暮らしが大切だと。

間違った選択ではないはずだ。それでも後ろめたさは常にある。善助の無念を晴らそうとしない、自分自身に。

「おっと、眠いんじゃないかい？」

お勝に言われ、小上がりに目を向ける。腹が温まって安心したのか、お梅は箸と汁椀を手にしたまま、ゆらりゆらりと揺れている。頭を椀の中に突っ込みそうになったのを見て、お妙は慌ててその体を支えに行った。

小上がりの客が、お梅が横になれるくらいの隙間を空けてくれる。汁椀と箸を引き取って、そこにお梅を寝かせてやった。

眠そうな目を瞬き、お梅が手を伸ばしてくる。

「いいのよ、少し眠りなさい」

その手を取ってやると、きゅっと握り返してきた。

「お団子、盗んでごめんなさい」

蚊の鳴くような声だった。それだけ言って、お梅はすっと目を閉じる。薄汚れた頬に、涙がひと粒だけ零れた。

「ああ、もう！」

「マル」が歯痒そうに首の後ろを掻く。目についた団子を盗んでしまうほどの空腹も、みすぼらしい風体なのも、食事の作法が身についていないのも、お梅が悪いわけではない。

「おい、たしか宝屋のおかみが売り子を探してたよな」

宝屋は魚河岸に店を構える海苔屋である。宝屋の海苔は風味がよく、さっきの焼き団子に巻いたのもそこの海苔だ。

「ああ、まだ探してるぜ」

「この子はまぁ、悪い子じゃなさそうだしな」

「あそこのおかみさんなら情に厚い人だから、行儀作法まできっちり仕込んでくれるさ」

「そうかい。じゃあ、目が覚めたら連れてってみるかな」

魚河岸の男たちが口々に、「それがいい、それがいい」と頷く。宝屋のおかみさんは自らも五人の子供を育て上げた、肝っ玉の太い女だ。事情を知れば、お梅を放って置かないだろう。

「皆さん、ありがとうございます」

ひょんなことから拾ってしまった身寄りのない子に、親身になってくれる大人がこんなにもいる。常連の旦那衆もさることながら、昼の馴染み客も皆気のいい人ばかりだ。

「なぁに、いいってことよ」

「お前はなにも言っちゃいねぇだろうよ」

「カク」が照れたように鼻の下を擦り、「マル」が混ぜっ返すのもいつものお決まり。

周りの男たちが「馬鹿だねぇ」と笑う。

いい店だ。善助が遺してくれた、生きがいだ。

なにがなんでもこの日常を、守り抜きたいとお妙は思った。

五

「お妙ちゃん、やるかい?」

一夜明けて翌朝、ちょうど朝餉が終わったところで、おえんが勝手口に顔を覗かせた。

今朝はおはぎを作るのである。

「あれっ、もう飯を食っちまったのかい」

少しはあてにしていたのだろう。拍子抜けしたように、お妙が空になった食器を重ねるのを見守っている。

「ええ。今朝は焼き団子でしたから」

ゆえに準備が簡単で、早めに終いになったのである。

昨日のうちに、お供えや亭主の団子も食べてしまったのだろう。「あ、そう。団子はもういいかな」と、おえんは苦笑いを浮かべた。

おはぎのための、餡子はすでに炊いてある。昨日の夜から水に浸しておいた糯米は、少し前に笊に上げた。おえんも来たことだしそろそろ、蒸しはじめるとしよう。

蒸籠に濡れ布巾を敷き、糯米を入れる。それを盛んに湯気を上げる蒸し器にかけて、しばらくするとお勝もやって来た。

「昨日のお供えの栗を渋皮煮にしておきましたから、それをおはぎの芯にしてみましょうか」

「なんですって。そんなの旨いに決まっているじゃありませんか」

栗と聞いて目の色を変えたのは只次郎だ。おはぎも手伝うつもりで、すでに前掛けを巻いている。昨日の団子作りが、ことのほか楽しかったようである。

糯米は、四半刻あまりで蒸し上がる。それを四つに分けて木桶に入れ、擂り粉木で米の粒を潰してゆく。半分ほど潰すのを半殺しという。

「そういや、あれからお梅ちゃんはどうなったんだい？」

小上がりで車座になり擂り粉木を使っていると、おえんがことの顚末を知りたがった。

昨日お梅が起きるのを待って、「マル」が手を引き、宝屋に連れて行ったところまでは知っている。その後、おかみさんに無事引き受けてもらえたのかと聞いているのだ。

「ええ、夜になってから『マル』さんが知らせに来てくれました。あのままお梅さんは、宝屋に奉公することになったそうですよ」

聞けばせいぜい六つか七つにしか見えなかったお梅は、実は十になっていたらしい。あまりの小ささにおかみさんは不憫がって、涙まで零したという。あの人ならきっとお梅のことを、立派に育ててくれるだろう。

「そうかい、よかったねぇ」

そう言って、おえんは眉の晴れた顔で笑った。

「アタシね、分かったよ。子を産んだからって親になれるわけじゃないんだね。産みっぱなしなら虫と同じさ。子を育んでこその親なんだ。だから逆を言えば、血が繋がってなくったって親と子にはなれるんだよね」

「そうだねぇ。アタシにとってこの子は、娘みたいなものだしね」

半殺しにした糯米を、栗の渋皮煮を芯にして丸めながらお勝が頷く。胸の中が、じんと震える。

「私もねえさんのことは、二人目のおっ母さんと思ってるわ」

「そっかぁ。アタシも親になれるよう、頑張らないとね」

「いやぁ、お勝さんとお妙さんは、いい間柄ですねぇ」

只次郎は糯米でべたつく手の代わりに、腕で目元を拭っている。

「おはぎをしょっぱくするのはやめとくれよ」と、お勝がすかさず混ぜっ返した。

糯米を丸めてしまうと、次はそれを餡子で包み、重箱に詰めてゆく。赤黒く光るおはぎができてゆくたび、おえんの目が輝きはじめた。きっと今すぐつまんで食べたいと思っているのだ。

「ねぇねぇ、おはぎにも団子突きみたいな風習はないのかぃ?」

考えることが、透けて見える。もしあるのなら、泥棒のせいにして食べてしまおうという魂胆に違いない。

「残念ながら、ありませんよ」

そう答えると、「ないのかぁ」と肩を落とした。

「これがほんとの『突き知らず』ってやつだね」

「ふっ!」

ひと呼吸置いてから、「搗き知らず」と「突き」をかけているのだと分かった。我慢しきれず、吹きだしてしまう。

「うまい！」と只次郎が膝を叩くふりをする。

お勝も肩を小刻みに震わせ、おえんを軽く睨みつけた。

「調子のいいこと言ってないで、アンタはおはぎを食べる前に歩いてきな！」

骨切り

一

ジジジジ。

音を立てて灯心が燃え、はっと現に引き戻された。

とたんに外で鳴きしきる、蟋蟀の声に包まれる。さっきからずっと鳴いていたのだろうが、ちっとも耳に入っていなかった。

今、何刻だろうか。夜が更けて気温が下がったらしく、綿入れから突き出た手が冷たくなっている。

行灯を開けてみれば、灯心は今にも消えそうなほど短くなっていた。いけない、夜更かしをしすぎたか。手にしていた書物を置いて、林只次郎は明かりを落とす。

夜が長くなりゆく長月の、十八日。このところ、物語を多く読んでいる。それも庶民が広く楽しむ、黄表紙と呼ばれるものだ。

武家の次男として四書五経などは暗誦できるほど読み込んだものだが、黄表紙にはさほど馴染みがない。しかしこれから先は町人として生きる道を選ぶことになるやもしれず、見聞を広めておこうと思ったのだ。

これがなかなか面白い。今読んでいるのは人が生まれたときに「善玉」か「悪玉」か、どちらかの魂が身の内に入るという話だが、挿絵がまた振るっている。丸に「善」「悪」と書いただけの顔が人の体についており、それが互いに争うのである。兄の重正ならば、「くだらない」と一言の下に切り捨てそうだ。しかし只次郎にはこのおかしみが合い、夢中になって読んでしまう。幸いにも裏店の大家は貸本屋で、読むものには困らなかった。

早く続きが読みたいと思いつつも、床に就く。このあたりでやめておかねば明朝起きられないだろうし、なにより油がもったいない。

夜着を被っても首元が薄ら寒く、独り寝の侘しい季節になってきた。只次郎はしわぶきを一つ零し、目を瞑る。せめて夢の中だけでも、愛しい人と共寝ができますように。

「林様、林様」

薔薇に溜まった朝露のような、澄んだ声が耳朶をくすぐる。心地のよい、お妙の声だ。夢うつつでも、口の端が持ち上がるのを自覚する。

続いて肩を揺さぶられ、只次郎ははっと目を見開いた。

夢ではなく、お妙の顔がすぐそこにある。小上がりに座る只次郎の肩に手を置いたまま、気遣わしげに覗き込んでくる。

「大丈夫ですか。お疲れなら、部屋で休まれたほうが」

見慣れた『ぜんや』の店内だ。菱屋のご隠居と、升川屋もいる。「ああ」と呟き、只次郎は正気を取り戻した。

「平気です。ちょっと、寝足りなかったもので」

夜更かしのせいで、一日中頭がぼんやりしていた。それでも日中はどうということもなかったが、夕方になり気心の知れた二人が来て、酒も入ったところで気が緩んでしまったのだ。

「そういやお侍さんの部屋、昨日も遅くまで明かりがついていたねぇ」

床几に腰掛けているおえんが、脚を突っ張ってふくらはぎを伸ばしている。腹の子が重くなってきたせいか、引き攣りやすくなっているのだという。同じ裏店の住人同士は、寝起きの気配まで筒抜けだ。

「男の独り寝のはずが、いったいなにをしていたんだか」

「違います。書物に夢中になってしまっただけです」

「へぇ。お侍さんともなると、さぞ小難しいのを読むんだろうねぇ」

尊敬の眼差しでそう言われては、黄表紙だと白状しづらい。

「べつに、それほどでもありません」と、素知らぬ顔をしてしまった。

給仕のお勝が料理を運んでくる。鰈の切り身に山芋のとろろをかけて蒸し、薄葛餡を引いた養老蒸しである。

「おかしいねぇ。このところアンタが黄表紙を片っ端から借りてくって、一昨日大家が言ってたけどねぇ」

「そうなの？　案外軽いものを読むんだね」

見栄など張るものではない。必ずどこかでこうした綻びが出てしまう。

こんなことなら素直に白状すればよかったと、只次郎は熱くなった頬を押さえた。

「今はなにを読んでんだい？」

「『心学早染艸』を」

「ああ、善玉悪玉！」

「そう、面白いですよね！」

そういえばおえんも黄表紙が好きだったか。同志を得て、つい前のめりになってしまう。

「その続きで『人間一生胸算用』ってのもあるよ。面白いんだけど、ちょっと説教くさいんだよねぇ」

「そうなんですか。おえんさんのお勧めは?」

「山東京伝なら、『江戸生艶気樺焼』かなぁ。大金持ちの醜男が金に物を言わせて色男になろうと奮闘するんだけどさ、とことん馬鹿馬鹿しくっていいよ」

「ほほう、読んでみます」

「手鎖の刑を受ける前の話のほうが、アタシは好きだねぇ」

戯作者の山東京伝は先のご改革で禁じられた洒落本を書いて、手鎖五十日の刑に処せられている。その後も筆を折ることなく書き続けてはいるが、いささか作風が変わったらしい。

こんなふうになにがいい、あれがよかったと話が弾むのも、流行りの読み物なればこそ。読んで楽しく、人と語り合うのも楽しい。はじめて感じる昂ぶりである。

「はぁ、旨ぁい」

そしてまた、ふわりとした養老蒸しも美味である。火鉢を出すには早いが少しばかり手足が冷える、この時季に嬉しい温もりだ。お陰様で眠気も吹き飛んだ。

「さて、一人は息を吹き返したようだけど、こちらのご両人は相変わらず屍のようだねぇ」

お勝が小上がりの上のちろりに手を伸ばし、話に加わりもせず惚けているご隠居と升川屋に酒を注いでやる。普段はどちらも健啖だが、食があまり進んでいない。盃に酒を受けながら、「だってよぉ」と升川屋が口を尖らせた。

「祭りが終わっちまって俺たちゃあ、いったいなにを楽しみに生きていきゃあいいんだ」

今年は神田祭が二年に一度の本祭で、十五日のこの界隈は実に賑やかなものだった。氏子域の住人たちは皆この日のために一年の稼ぎをつぎ込み、当然のごとく旦那衆も大枚をはたく。

そして準備にたっぷりひと月かけ、最高潮まで盛り上がった祭りの熱は、十五日を境に急速に冷める。後に残るは抜け殻のようになった氏子衆のみである。

「いや、升川屋さんのところは氏子域じゃないでしょう」

ご隠居が呆れたように首を振る。升川屋の住まいは霊岸島四日市町。山王権現の氏子ではあるが、神田明神の氏子域からは離れている。

「それでも天下祭りとなりゃ、血が騒ぐもんで。しかも祭りが終わったとたん、急に肌寒くなりやがるしよぉ」

升川屋がわざとらしく腕をこする。たしかに祭りの熱が引くと同時に気温も下がった。もうすぐ秋が終わり、寒い冬がくる。もの悲しい気分になるのは分かる。

「あの、それでしたら体が温まるよう、ご飯にひと工夫加えましょうか」

調理場からは、飯の炊けるにおいがしてきた。お妙がにっこりと微笑みかけてくる。

「飯に、ひと工夫？」

そう言われると、いやが上にも期待が高まる。目を輝かせる只次郎に頷き返し、お妙は人差し指を立てた。

「ええ。胡椒飯などいかがでしょう」

「本当なら、荒く挽いた胡椒をご飯に入れて炊き込んでしまうんですが」

今回はすでに飯が炊けそうだったため、それは叶わなかったらしい。炊き上がりの飯にぱらりと胡椒を振ったものが、膝先に並ぶ。飯椀の横には醤油で味を整えた鰹出汁が添えられており、これをかけて食べるようだ。

「胡椒は体を温めるんですよ」

お妙の解説によると、あまり食が進まないときにもいいらしい。まさにご隠居と升川屋にはうってつけだ。

「どれどれ」

ご隠居がさっそく飯の上から出汁をかけ、啜り込む。只次郎も負けじと後に続いた。

「旨い！」と、発する声が重なる。

胡椒のぴりりとした辛みが舌に残り、素朴だがこれが思いのほか旨い。飯と共に炊き込めば、さらに胡椒の風味が染み込むのだろう。

升川屋が「こりゃあいいや」と膝を叩いた。

「ちょっと啜っただけでも汗が滲んできやがる。出汁のお陰で、腹まで温いや」

腹どころか、指先にまで血が巡っているのが分かる。体に力が漲るようだ。

床几に座っていたおえんが立ち上がり、羨ましげに覗き込んできた。

「いいなぁ。それって妊婦が食べても平気かい？」

「刺激があるのでたくさん食べないほうがいいでしょうけど、ほどほどなら。体がぽかぽかしますよ」

「ううん、でもなぁ。もうすぐ亭主が帰ってきちまうし」

「亭主の帰りを待って、ここで一緒に食やいいじゃないか」

「そっか。うん、そうだね。そうしよう」

ずぼらなおえんは前からお妙の惣菜を買って帰り、あたかも自分が作ったかのように夕餉に出していた。ここにきて、ついにはそれすらも怠けることにしたようだ。もっとも店で食べたほうが、出来たてで旨いには違いない。

胡椒飯には、胡瓜の古漬けと昆布の佃煮が添えられている。武士には禁忌とされている胡瓜を只次郎が気にせず食べるようになったので、お妙も遠慮せずに出してくる。長めに漬けて塩抜きをした胡瓜は、旨みが詰まっており嚙むほどに味が出る。

只次郎の食べっぷりを見て、ご隠居がしみじみと言った。

「もはやなんの躊躇もなく食べるようになっちまいましたねぇ」

「ええ。むしろこんな旨いものを二十数年も食べてこなかったことに驚きます」

別名のシビが「死日」に通じるから鮪を食うなとか、切り口が葵のご紋に似ているから胡瓜は駄目とか、武家に伝わる食の禁忌はほとんど言い掛かりのようなものだ。林家では律儀に守って膳に出されることはなかったが、本当は皆こっそり食べているのではあるまいか。

「林様は、鮪は前から食ってたよな。鰶はどうだい?」

「そういや、まだですね」

鰶は「この城を食う」に通じるとして、やはり禁忌とされる魚だ。二月の初午のときにお妙が鰶の料理を作っていたが、只次郎は口にしていない。あのころはまだ、市井に生きる覚悟が固まっていなかった。

「そうかい。じゃあ近いうちに、林様に鰶を食わせる会を開こうじゃねぇか。そろそろ出回る頃おいだろ?」

升川屋は、なにがなんでも祭りの後の虚しさを埋めたいらしい。そのためならば、只次郎の禁忌破りまでだしにするつもりだ。

「鰶ですか。あれは、食えたものじゃないでしょう」

その案に、渋い顔をしたのはご隠居である。外見ばかりがよくて中身が伴わないいたとえとして「鰶の昆布巻き」と言われるように、鰶は小骨が多くて旨くない魚とされている。

鰶もまた成長と共に新子、小鰭、中墨、鰶と名を変えるが、はたして出世魚と呼んでいいものか。小魚のころはまだ骨も柔らかく、寿司種によく使われる。だが大きくなると小骨が目立ち、味が落ちるので、値が下がってしまう不思議な魚なのである。ご隠居が難色を示すように、進んで食べたいものではないのだろう。鰶に関しては、他にも不穏な一説がある。

「焼くと、死人を焼くにおいがするとも言いますよね」

「さすがに、そこまでは。でもたしかに、少しばかり臭みのある魚ではあります」

お妙にそう言わせるのなら、やはり厄介な魚なのではあるまいか。

「だけど、お妙ちゃんが初午に作ってくれた鯀の芥子菜巻き、美味しかったよ。臭いとも、骨が邪魔とも思わなかったけど」

亭主が帰るまでお預けを食らっているおえんが、腹を鳴らしながら味を思い出すように目を瞑る。お勝もそれに、「そうだねぇ」と同意した。

「あれは酢でよく締めてあったね。だから骨が柔らかくなってたのさ」

寿司屋で出される新子や小鰭も、酢で締められている。おそらく酢とは相性がいいのだろう。

「でもせっかく林様に鯀を食わせる会なんだ。酢締めだけじゃなくって、何品か作ってみてくんねぇかな、お妙さん」

当人の意向を差し置いて、升川屋が勝手に話を進める。旨いものなら禁忌の破り甲斐もあろうに、これではいささか気乗りがしない。

「ええ。まぁ、できなくはありませんけれど」

その一方で、お妙がどんな鯀料理を作るのかという興味もある。この女将の手にかかれば、なんだって旨いに違いないのだから。

「じゃ、六日後の夕方でどうだい」

「かしこまりました」

只次郎が口を挟む前に、ついに日にちまで決まってしまった。

「楽しみだなぁ」と、升川屋が邪気なく笑う。そう言われると只次郎まで、はじめて

の鯨が楽しみな気がしてくるのだった。

二

六日後にと定めた鯨の会の、三日前にはもう、お妙は鯨を仕込みはじめていた。鱗(うろこ)を取ったあとの鯨は、背中の斑点(はんてん)が鮮やかで、とても美しい魚である。

「これはお酢で締めるぶんです」

そう言って、お妙は開きにした鯨に強く塩をあてる。まずはこのままでひと晩。翌日には水にさらして塩抜きをし、もう一度塩をあて、酢を振ってしばらく置く。ようやくそれを、柚子(ゆず)の皮と汁を混ぜた漬け汁に浸すのである。

「これだけ塩をしてもたぶんまだ臭みがあると思うので、長めに漬けておきます」

そのために、早めに準備をしておかねばならなかったようだ。

「へぇ。食えない魚を旨くするには、手間暇がかかるんですねぇ」

「でも工夫さえすれば、美味しい魚なんですよ」

客が帰り、店仕舞いをした後である。帰り支度をしていたお勝が、ふっと口元を歪めてお妙に言った。

「まるでアンタみたいな魚だねぇ」

見た目はいいが、ということだろうか。ずいぶん失礼な物言いだ。それでもお妙は気分を害した様子もなく、静かに首を横に振った。

「私は、手間をかけても美味しくないわ」

これはきっと、遠回しに只次郎に釘を刺している。だから私のことは諦めてくださいと、伝えたいのはよく分かった。

めげるものか。ようやくお妙が只次郎に、動揺してくれるようになったのだから。

「出来上がりが楽しみですね」と、只次郎はなに食わぬ顔で笑ってみせる。

旦那衆とのつき合いが長くなってきたせいか、私もずいぶん面の皮が厚くなったものだ。そんな自分が、嫌ではなかった。

鯨の会と聞いて味噌問屋の三河屋は、早々に不参加の返事を寄越してきた。もしもこれが「鰻の会」や「伊勢海老の会」ならば、なにを置いても駆けつけたに違いないのに、鱧では押しが弱かった。

それに神田祭が終わり、いよいよ娘の祝言の準備に忙しい。三河屋だけはまだ祭りが続いているようなもので、日々の無聊を慰める必要はないのである。

それでも言い出しっぺの升川屋、同席していたご隠居の他に、薬種問屋の俵屋と、白粉問屋の三文字屋が来るというのだから、もの好きはいるものだ。お妙の作る鱧料理への興味が半分、あとの半分は鱧を食べる武士という、珍しいもの見たさだろう。人のことを言えた義理ではないが、皆実にいい性格をしている。

「おこんばんは」

その中でも真っ先にやって来たのは、三文字屋である。手土産として、金龍山の浅草餅を携えている。甘いものに目がないところは相変わらずだ。

「いやぁ、お志乃に鱧を食ってくるって言ったら、『酔狂な』と呆れられちまったぜ」

次に首の後ろを掻きつつ現れたのは、升川屋だ。「またお妙はんに迷惑かけて」と、ご新造のお志乃に詫び代わりの柿を籠いっぱいに持たされている。

「まったく、おかしなことを思いつく人もいたもんですよ」

ほどなくして俵屋が苦笑いを浮かべてやって来たが、顔を出した時点でご同類だ。最後に着いたのがご隠居で、「なにも鱧なんか食べなくたって」と、まだ文句を言っている。

蕎麦の会だの鰹づくしだの、旦那衆を集めての催しはこれまでに何度もあったが、「旨いものを食う」という趣旨は同じだった。ものが鯨に変わっただけでこれほど盛り上がりに欠けるとは、いっそ愉快になってくる。

「さて、揃いましたね」

小上がりに落ち着いた面々を見回し、お妙が襷を締め直す。おえんも来たがったそうだが、「骨が喉に刺さったらどうすんだ」と亭主に止められてしまったらしい。小骨の多い鯨は武士よりも、むしろ妊婦や老人にとっての禁忌であろう。

いよいよ鯨を食すのか。そう思うとにわかに胸が高鳴った。幼いころに言い聞かされた、母の言葉が蘇る。

「よいですか、只次郎。不忠者の誹りを受けてはなりません。鯨のごときものは、武士は食べぬのです」

当時はずいぶんな貧乏暮らしで、安く買える魚があるならなによりではないかと言ったのだ。それを窘められたのである。

自分はやはり、元から武士には向いていなかったのだろう。忠義と言うなら鯨でもなんでも食べて腹を満たし、存分な働きをするのが筋だろうと思ってしまった。

疑問など差し挟まずに、そういうものかと納得できる質であれば、只次郎は今ごろ他家の婿養子に収まっている。だがこうして市井に染まれば染まるほど、顔を見たこともない公方様よりも、己に従って生きたいと強く思う。

「では、酢締めの和え物ふた品から」

さて鱧づくしのはじまりだ。まずお勝がちろりの酒を注いで回り、お妙が小鉢を運んでくる。鱧と小蕪のぬたと、鱧の卯の花和え。どちらも酢締めの鱧を、細く切って和えてある。

「ふむ、これならば臭みも小骨も、少しはましでしょうね」

食べる前からご隠居が、料理に対して評定を下す。見た感じは旨そうだ。

「じゃあ、どうぞ林様」

只次郎に鱧を食べさせる会なのだから、旦那衆は先に箸をつけようとしない。升川屋に促され、只次郎は「それでは」と神妙に箸を取った。

まずは鱧と小蕪のぬたから。心なしか、箸先が震えている。はじめての鱧。心の中で「えい！」と掛け声をかけ、口に放り込む。

「あっ、旨い！」

臭いの不味いのと聞かされていたから覚悟していたが、思いのほか上品な白身である。脂が適度に乗っており、衣の白味噌とも相性がいい。他の白身魚と比べればにおいがあるかもしれないが、むしろ酒がよく進む。

「本当だ、旨みがギュッと詰まってら」

「蕪の歯触りもまた、爽やかでいいですね」

「酢締めの酢に、柚子が入っているんですか？　いつもながら、いい仕事をしていますねぇ」

続けて箸を取った旦那衆も、口々に褒めそやす。だが文句を言っていたご隠居だけは、箸を動かしながらもむっつりと押し黙っている。

その手応えのなさが気に掛かったが、それより今はもう一つの小鉢だ。鰶が旨いと分かると、とたんに腹が空いてきた。

鰶の、卯の花和え。出汁で炒りつけたおからに塩もみをした蕪の葉と人参、そして鰶を和えたものだという。

ひと口頬張り、噛みしめると、おからに染み込んだ出汁と鰶の酢締めの漬け酢がじゅっと滲み出て混じり合う。時折現れる甘酸っぱさは、生姜の甘酢漬けを千切りにしたものか。

「ああ、これもいい」

我知らず、声が震える。

「少しまろやかな気がするのは、もしかして卵の黄身ですか？」

「ええ、ゆで卵の黄身を濾し入れてあります」

俵屋の問いかけに、お妙が頷く。只次郎には、その工夫までは見抜けなかった。

「今まで食った鯨の中で、一番旨ぇ！　と言っても、たいして食ったことはねぇんだが」

「そうですねぇ、私もせいぜい小鰭まで。考えてみれば鯨は、あまり食べませんねえ」

升川屋も三文字屋も、大店の主となるべく生まれた身だ。旨い魚は他にいくらでもあるのだから、わざわざひと癖ある鯨を食べる必要はない。

その一方でさっきから渋い顔をしているご隠居は、奉公人からの叩き上げ。臭みがあって小骨の始末が甘く「食えたものじゃない」鯨を、散々食べてきたのだろう。ひと言も発さぬまま箸を置き、酒を啜る。

「いかがですか？」

お妙がちろりを取り上げ、気遣わしげに問いかける。酌を受けながらご隠居は、ぶっきらぼうに返事をした。

「まずまずですな」

とはいえ、膝先の小鉢は二つとも空である。本当は旨かったのだろう。それでも鯀を旨い魚と認めるには、まだわだかまりがあるといったところだ。

「そもそも酢で締めりゃ、なんだって旨いんですよ。次の料理はなんですか」

「焼き物です」

「そら、出た。今度こそ酢じゃごまかせませんからね」

ご隠居はまだ意地を張る。行灯に火を入れにきたお勝が、「なんだか会の風向きが変わってきたたねぇ」と混ぜっ返した。

只次郎が鯀を口にしたそのときに、会の目的は達せられている。今やそれが、「ご隠居に鯀を旨いと言わせる会」へと変わりつつある。

「おおっと、お妙さんの料理に喧嘩売ってんのかい？　よぉし、どんどん持ってきてくんな！」

升川屋が俄然張り切りだし、両手を高く打ち鳴らした。

ふと口を噤めば秋の風が、板戸に吹きつける音が聞こえる。日が暮れかけて袖口が冷たくなってきたと思っていたら、お勝が酒を熱めにつけて持ってきた。

「ああ、こりゃありがたい」

腹に酒を落とし込めば、薄衣のようにまとわりついていた冷えが去る。体が温まったところで、鮗の焼き物が運ばれてきた。

皿に盛られているのは、一人につきふた切れ。一方は赤黒く、もう一方は白い。この香ばしいにおいは、味噌である。

「やぁ、なんだか三河屋さんと三文字屋さんみてぇじゃねぇか」

升川屋が、その色味をたとえて笑う。たしかに顔の色と似ている。

「山椒味噌と、柚子味噌でつけ焼きにしてみました」

塩漬けの山椒を擂鉢でよく擂り、赤味噌を加えたものと、柚子の汁に白味噌を加えたもの。串を打った鮗にそれらを塗り、じっくりと焼いたという。ほどよくついた、味噌の焦げ目が食い気を誘う。

「では、柚子味噌から」

山椒味噌のほうが味が強そうなので、後に置いておくことにする。味噌で隠れて見えなかったが、箸を入れてみると鮗の身には、細かな切り目が入っている。

「骨切りをしっかりしておきましたから、小骨はあまり気にならないかと」

なるほど、そのための切り目らしい。

「ああ、香ばしい」

口に入れたとたん、頬が持ち上がる。味噌が香り、柚子の風味が鼻に抜けるばかりで、魚の臭みは感じられない。お妙の言うとおり、小骨も舌に触らず食べ進めることができる。

「山椒味噌も、ピリリと辛くて美味しいですねぇ」

色白の三文字屋が、酔気の滲む目を細める。鼻の横の大きなホクロが、心地よさそうにひくりひくりと動いている。

「ああ、本当だ。どっちも旨ぇや」

「柚子味噌は雅(みやび)やかで、山椒味噌は野趣に富んでいて。鰶の身がさっぱりしているものだから、いかようにも染まってくれますね」

俵屋の言うとおり。見た目だけの魚という評判はあれど、取り扱いが適切であれば、ふっくらとした素直な味だ。

只次郎は調理場に戻ったお妙を盗み見る。亡き夫を頑(かたく)なに想(おも)い続けているあの人も、小骨に守られているようなものだろうかと思いながら。

「どうです、ご隠居。旨いんでしょ。ねぇ、旨いんでしょ？」

升川屋が、にやにやしながらご隠居に顔を近づける。そんな迫りかたをすれば、認めづらいことは分かっている。ご隠居の、恨めしげな顔が面白い。

「うるさいですよ。味噌を塗って焼けば、なんだって香ばしいんです」

いい歳(とし)をして、鰶ごときで意固地になっている。旨いと認めたくはないほど、鰶に嫌な思い出があるのだろうか。

「お妙さん、お次は？」

大人げないのは升川屋も似たようなもの。声を張り上げ、お妙に次の料理の催促をした。

三

「すみません、ちょっと箸休めに」

升川屋に促され、運ばれてきたのは鰶料理ではなかった。お妙もさすがに、鰶ばかり続けて出すのは不安だったようだ。主役を張れる器とは、思われていないのである。

「吹き寄せの茶碗蒸(ちゃわんむ)しです」

吹き寄せとは、風に吹き寄せられて集まった落ち葉や木の実のように、秋の風情(ふぜい)を彩りよく盛り込んだ料理を言うそうだ。折敷(おしき)に載せられ供された蓋物(ふたもの)の、中身がいっそう楽しみになる。

「では、拝見」

全員に行き渡ってから、蓋を取った。誰からともなく「ほぉ」と吐息が洩れる。

とろりとした茶碗蒸しに、銀杏、栗、占地、紅葉の形に飾り切りをした人参、三つ葉が盛られ、そっと葛を張ってある。目にも鮮やかな一品は、行灯の灯にも妖しく映える。

「これは素晴らしい」

商売柄美しいものに聡い三文字屋が、うっとりとした目で矯めつ眇めつ眺めている。

「食べるのがもったいないですね」

とはいえ、食べなければもっともったいない。只次郎は真っ先に匙を取る。

「ううん、間違いない！」

ひと口目は銀杏と共に。卵の生地と秋の滋味がじわりと混じり、舌と喉を喜ばせる。

初夏には蓴菜の茶碗蒸しだった。あれはつるりと喉を通ってゆくのが旨かったが、秋は秋で食べ応えがある。

「これは、美味しいですねぇ」

頑なだったご隠居も、肩の力が抜けたようだ。茶碗蒸しの器を手にしたまま、ほっとひと息ついている。優しい味と温もりが、心を解きほぐしてゆく。

「もうしばらくすると、楓も色づきますねぇ」

「どうだい今年は、紅葉狩りと洒落込んでみちゃあ」

「ああ、それはいい」

三文字屋、升川屋、俵屋の間で、もう次の催しが決まりかけている。西は王子の滝の川、南は品川の海晏寺。江戸に紅葉の名所は数多く、いつぞやの花見のときのように、お妙の弁当を囲めたら楽しかろう。

見ごろは来月の、半ばくらいか。紅葉の具合を見ながら、日にちを決めることにする。

「千寿を連れてってもいいかい？」

「もちろんですよ。うちも小間使い代わりに熊吉を連れて行きましょう」

そんな相談をするうちに、お妙が早くも次の料理を並べている。格子状に切り目を入れて骨切りした鯨を、こっくりと煮つけたものだ。話が盛り上がっているのを見て、お妙はあえて解説を加えずに一歩下がった。

「どうせなら王子まで足を延ばしたいところですが、小さい子がいるなら近場でしょうか」

ご隠居も、紅葉狩りには乗り気のようだ。この界隈から王子までは、大人の足なら一刻(二時間)とかからない。

「いいや。俺が負ぶってくから、気遣いはいらねぇよ」

「よし、ならば行きましょう。来月なら、なにが美味しいでしょうねぇ」

早くも弁当の中身に思いを巡らせているせいで、いささか現がなおざりだ。話をしながら煮魚に箸を入れ、よそ見をしつつ口に運ぶ。ご隠居が、独り言のように呟いた。

「ふぅ、旨い」

「おおっ!」

升川屋が色めき立つ。ついに言ったと手を叩く。

「あ、いや、違う!」

ご隠居は珍しく狼狽えて、顔の前で手を振った。

「いいや、たしかに言いましたぜ。ねぇ、林様」

「ええ。そしてこの煮つけは、本当に美味しいです」

鯨の臭みを気にしてか、軽く炙ってから煮つけてある。濃い目の煮汁もまた、柔らかい白身魚の旨みを引き立てていた。ご隠居は間に入った茶碗蒸しで気が緩み、つい本音を洩らしてしまったのだ。

「ああ、もう」

額に手を当て、ご隠居が天を仰ぐ。暑くもないのに、こめかみに汗が浮いている。

「分かりましたよ、認めます。お妙さんの鰶料理は旨いです！」

開き直って、そう宣言した。三文字屋が、袖で口元を覆って笑う。

「認めるのは、あくまでお妙さんの料理なんですね」

ご隠居もそこだけは、譲れなかったようである。

「鰶ってのは、飯の代わりになるほどたくさん獲れたから『飯の代』って名前になったって説もあるくらい、私の国元でも本当によく獲れましてね。毎日毎日、嫌というほど食べた時期がありました。田舎のお袋の料理だから、ぶつ切りにしてただ煮るだけのものでねぇ。いやぁ、あれは辛かった」

ご隠居は越後の産である。鰶の煮つけを突きながら、鰶嫌いのわけをぽつりぽつりと白状しだした。

「だけど他に、食べるものなんかありませんしねぇ」と、遠い目をする。故郷の海でも思い描いているのだろうか。

「分かるよ。アタシは国元に海がないんで、山菜だけどさ。おっ母さんのアク抜きが甘いんで、とても食えたもんじゃなかった。ま、腹が空くから食うしかないんだけどさ」

いつの間にかお勝も小上がりの縁に腰掛けて、話に加わっている。こちらはたしか、信濃(しなの)の出だ。煙管(きせる)に煙草(たばこ)を詰めながら、しきりに相槌(あいづち)を打っている。

「ちゃんと手を加えれば、旨くなるものなんですねぇ」

「食えそうにないものも、食えるようにしちまう。人の知恵ってのはすごいもんだよ」

それはむしろ、人の執念かもしれない。餓(う)えから逃れたい、そしてより旨いものを食いたい。人はただ、腹がいっぱいになっただけでは満たされない生き物だ。旨いもので腹をいっぱいにして、ようやく安らげる。業の深いことである。

「そうですねぇ。猫のシロなんかは小骨だらけの鰶の腹身を、大喜びで食べていましたよ」

お妙が空いた皿を引きながら、にこにこと笑っている。

鰶は腹に特別小骨が多く、身も薄いため、捌(さば)く際には切り取って捨ててしまうのだという。ゆえに鰶は自然と腹開きになり、「腹切り魚」としてやはり武士に嫌われた。まことに曰(いわ)くの多い魚である。

「最後に鱚の手びねり寿司を用意しておりますが、もうご飯にしてよろしいですか？」

「ええ、もちろんです」

間に茶碗蒸しを挟みはしたが、鱚でこんなに満足できるとは思わなかった。酒も進み、もう二合追加する。只次郎の置き徳利は、それで空になったようだ。

「正直なところ、今日来るかどうか迷いましたが、来てよかったですよ。ま、お妙さんが作る以外の鱚料理は、これからも食べませんけどね」

ご隠居が煮つけを食べ終え、箸を置く。中骨以外すっかり綺麗に食べておいて、まだ意地を張っている。

「強情だねぇ」とお勝が笑い、煙草の煙を輪にして吐いた。

「お待たせいたしました」

そう言って、お妙が大皿を運んでくる。車座になった真ん中にそれが置かれ、一同ぎょっと目を見開く。

寿司というから、小鰭の握りのようなものを想像していた。だがこれは見た目がまるで違う。なにせ、頭と尻尾がついている。

小振りとはいえ、腹開きにした鱚が丸ごと一匹、寿司飯の上に載っている。「なにか文句があるのか」とばかりに、魚の目がこちらを睨みつけてくる。

「お酢でしっかり締めましたから、頭から食べられますよ」

お妙がそう請け合うのなら、間違いはないだろう。だがご隠居は「丸ごと」と呟いたきり、絶句してしまった。

四

鯵の手びねり寿司は、屋台の寿司よりさらに大振りだ。手で摑んで大きく口を開け、頭からかぶりつく。柚子の風味の酢が香り、固いはずの魚の顎もほろほろと崩れてゆく。

このために、三日も前から下拵えをしていたのか。頭がこれだけ柔らかいのだから、小骨もすっかり食べられる。

「うん、旨い！」

指についた飯粒を舐め取り、只次郎は次の寿司へと手を伸ばす。大きいので一つでも腹が重くなったが、舌がもう一つ食べたいと言っている。

「ううん。こういうのが、ちょっと小腹が空いたときの夜食に出てくりゃ、最高だな」

「弁当にもいいですよね。芝居の幕間なんかに食べたいもんです」

「頭の骨の旨みってのも、馬鹿にゃできませんよねぇ」

升川屋、三文字屋、俵屋も、二つ目を手に取っている。食べすぎなのは分かっているが、この寿司は酢が効いているため酒にも合う。旦那衆が言うように、いつでも摘まめるところにあってほしいものだ。

「ご隠居さん、手が止まっちまってるが、大丈夫かい？」

見ればご隠居は半分ほど残った寿司を手にしたまま、微動だにしていない。真剣な眼差しを、食べかけの寿司に注いでいるのである。

「お口に合いませんでしたか？」

滑子汁を運んできたお妙が、心配そうに声をかける。ご隠居はゆっくりと首を左右に振り、息を深く吐き出した。

「いえね、お妙さんに料理される鰶は、幸せだなぁと思いまして」

ようするに、旨いのだ。これまでに食べては不味いと断じてきた、他の鰶に思いを馳せてしまうほどに。

「鰶にしてみりゃどのみち殺されてんだから、幸せもなにもあったもんじゃないよ」

お勝の物言いは、身も蓋もない。それもそうだと、只次郎は笑った。旨い不味いは人の判断で、どのみち食われる鮗にとっては迷惑なことこの上ない。

「でもどうせなら、工夫して美味しく食べてもらったほうがいいじゃないですか」

負け惜しみを言って、ご隠居が残りの寿司を口に放り込む。大きなひと口だったから、あれでは当分喋れまい。意地っ張りが静かになったところで、三文字屋が口を開いた。

「工夫次第といえば、林様」

「はい？」

唐突に名を呼ばれ、返事をする声が裏返る。いつもはおっとりと構えている三文字屋が、ずずいと膝を進めてきた。

「三河屋さんに、両国の出店の目玉を味噌玉にしてはどうかという案を授けたそうですね」

「ええ、いかにも」

もしかすると只次郎が娘のお浜と一緒になって、盛り立てていたかもしれない店である。縁談は流れてしまったが、頭にあった案は活かせまいかと三河屋に話をした。三河屋は口元に手を当ててしばらく思案した後に、「よし、その案を買いましょう」と手を叩いた。

「そんな、お金なんて」

断りかけた只次郎を睨みつけ、三河屋は噛んで含めるように言ったものだ。

「いいえ、ご自分を安売りしちゃいけない。商売でなにより大事なのは、着想です。たとえば菱屋さんはご隠居が、菱文の風呂敷を思いついたからあそこまで大きくなった。形のないものにこそ、まことの値打ちはあるんです」

その目があまりにも真っ直ぐだったから、只次郎は気圧されて「はい」と頷いていた。数日後には、決して少なくはない金銭が三河屋から届けられたのである。

『ぜんや』の置き徳利もしかり、商売の案を考えるのは元々好きだ。そのたんなる思いつきが、金に化けるとは思わなかった。実は、今でもまだ戸惑っている。それでも三河屋に言い聞かされたことは、胸に刻んでおくことにした。

三文字屋は、三河屋からその話を聞かされたのだろう。どのように誇張されて伝わったものか、只次郎の手を取り訴えてくる。

「どうか私にも、お知恵を授けてくれませんか。もちろん、タダでとは申しません！」

どうしてこんなことになった。只次郎は内心冷や汗をかきながら、「ひとまず落ち着いてください」と相手をなだめた。

「取り乱してすみません。実はうちの近くに、大坂の白粉問屋が出張ってきましてね」

三文字屋は細身のわりに力がある。縋るように握られた手が、じんじん痛い。「わけを話してください」と水を向けると、ようやく只次郎を解放して、ぽつりぽつりと語りだした。

それによると大坂の問屋は、江戸にしがらみがないのをいいことに、京白粉と称する品を安くばら撒いているようだ。真偽のほどは知らないが、京で大人気の白粉ということで、「今だけのお得売り！」との煽り文句が功を奏しているらしい。

「ほほう、いかにも大坂らしいやり口だなぁ」

「かといってこちらまで、値を下げるわけにいきませんしねぇ」

商売の話となると、他の旦那衆も他人事ではない。身を乗り出して、真剣に聞いている。

「でも三文字屋さんは、大坂者がちょっと暴れたくらいで身代が傾くような家じゃないでしょう」

口の中のものをすっかり飲み込んで、ご隠居が滑子汁を啜る。常連の旦那衆の中で三文字屋は、菱屋の次に規模が大きい。

「そうなんですが、本当に目と鼻の先で。追っ払ってやらないと、目障りなんです」

前世は公家かと疑うほど、おっとりした三文字屋の口から出た言葉とは思えない。もしやこの男、商売が絡むと容赦がないのか。穏やかに微笑んでいるから、なおのこと恐ろしい。

「なるほど、江戸の流儀でぶん殴ってやろうってことだな」

血の気の多い升川屋が、嬉しそうに腕まくりをする。新参者に対して、真っ向勝負をしかける気だ。

「客の分捕り合戦ですね」と、俵屋までもが不穏なことを口走る。

「つまり『京白粉』が駆逐されるほど、三文字屋さんの白粉を売りたいということですか」

料理をすべて出し終えたお妙も、お勝の隣に腰掛けて話に加わる。三文字屋は「ええ」と頷いた。

「そういうことです」

妨害や嫌がらせといった卑怯(ひきょう)な手を使わないところが、ここに集う旦那衆の気持ちよさだ。そして只次郎には、敵を真正面からひねり潰(つぶ)すための知恵を出せと言う。大坂の問屋も、嫌な相手に喧嘩をふっかけたものである。

「ですが、私は白粉のことをなにも知りませんし」

味噌ならまだ、只次郎も日ごろ口にするものだから、なにが受けるかあるていどの想像はつく。だが白粉となると、ちんぷんかんぷんだ。

「べつに白粉に詳しくなれとは言いません。たとえばこの、鯨の寿司。広く売りたいと思ったときに、林様ならどうなさいますか」

考えやすいよう手近なものでたとえてくれたが、よけいに難しい。只次郎は黙ってこめかみを揉む。

「そうだなぁ。俺なら、引札をたんまり刷る！」

「私だったら、折り詰めにして包みに凝ります」

「私は、まずはタダで配りますね」

升川屋、ご隠居、俵屋の案も悪くはない。だがそれは、すでに多くのお店がやっている。なんなら大坂者にだって、すぐに取り入れられることばかりだ。

そうではなく、相手が太刀打ちできぬよう、江戸の地の利を活かして勝ちたい。となると、使えるのは旦那衆の人脈だろうか。大坂者の地盤が固まらぬうちに、打って出るのだ。

「皆さんは、版元や戯作者に知り合いはいますか？」

尋ねてみると、四人ともあたりまえのように頷いた。心強いことである。

ならば、多くの庶民の目に触れるところに宣伝文句を載せられる。

「では私は、黄表紙に宣伝を入れてもらいます」

「ほう」

三文字屋が眉を持ち上げる。弾みにホクロもひくりと動く。

「黄表紙といえば、巻末に書籍の宣伝がありますが、そこに割り込むんですか」

「いいえ、本文です」

黄表紙では物語の筋に関係なく、絵の人物の傍にちょっとした台詞が書き入れられることがある。そこの枠を、買うのである。

「たとえば鯨の寿司ならば、物語に出てくる女房なんかにちょっとつまみ食いさせて、『ぜんやの鯨はよい味じゃ』とでも入れてもらう。白粉なら、もっとやりやすいでしょう。作中の人物に三文字屋の白粉包みを持たせた絵を、描いてもらってもいいかもしれない」

考え出すと、止まらない。だんだん面白くなってきた。三文字屋も懐から矢立と帳面を取り出し、只次郎の案を書きつけている。

「そうなると、白粉包みも凝りたいですよね。見てすぐ三文字屋のだと分かるような」

先ほどの旦那衆から出た案で言うと、包みに凝るというご隠居と着想は同じだ。

白粉は、畳紙に包んで売られている。女相手の商売とて、その包みには役者絵や美人画、花鳥風月などが描かれて、華やかである。

「お二人は、どんな白粉包みがいいですか」

只次郎は、お妙とお勝を振り返る。このあたりの好みは、女性に聞いたほうがよかろう。

「そりゃあ役者絵だろう。今なら高麗蔵かねぇ」

「でも役者絵は、その役者が好きな人しか買わないでしょう。美人画なら、こうなりたいという憧れで買う人も多いんじゃないかしら」

意見が割れた。しかしどちらも一理ある。只次郎は、三文字屋に目を向けた。

「うちで今一番要となっている白粉は、包みが小野小町です」

「そりゃあ、美人といっても古すぎませんか」

「もはや元の顔がどんなだったかも分かりゃしねぇ」

人の店の品物に対し、俵屋も升川屋も実に率直な意見を述べる。たしかに小野小町のころの美人と、今の美人ではかなり趣が違っていよう。

「ならば鈴木春信に倣って、会いに行ける美人を描いちゃどうでしょう」

さすがは若かりしころ、笠森お仙に憧れたというご隠居だ。市井の美人を錦絵に描いた、鈴木春信の名がするりと出てきた。

「会いに行ける美人、ですか」

それは面白いかもしれない。だが、白粉を買うのは女だ。こういうときに定番の芸者は、男でなければ会いに行けないから使えない。となればやはり茶屋娘か。しかし裏で客を取る者も多くいるから、清潔な印象とは言いがたい。

できれば堅気の、広い年代の女たちから憧れられる人がいいのだが――。

そう考えるうちに只次郎の目は、自然とお妙に向いていた。

「えっ？」

目と目が合い、お妙が肩をそばだてる。当人の困惑をよそに、旦那衆の目もお妙に集まってゆく。

「えっ、えっ、えっ？」

居心地が悪かったのだろう。小上がりの縁に掛けていたお妙が立ち上がり、じりじりと後ろに下がる。三文字屋が、すかさず頭を下げた。

「よろしくお願いします、お妙さん」

「なぜですか！」

お妙の声は、ほとんど悲鳴に近かった。

「冗談はよしてください。こんな年増(としま)よりずっと、相応(ふさわ)しい人はいますよ」

その訴えは、おそらく正しいのだろう。探せばきっと、他にもいる。だがそれは、お妙が相応しくないという理由にはならない。

「男相手の商売ではないので、ちょっとこなれた年増くらいがちょうどいいかと」

正直に思ったところを述べると、お妙に強く睨まれた。これはめったに見られない表情だ。

「ではちょっと聞いてみましょう。お妙さんがいいと思う方は、手を挙げていただけますか」

三文字屋が、しれっと皆の意向を問う。迷いを見せず、お妙以外全員の手が挙がった。

「いやだ、ねえさんまで！」

「いいじゃないか、馬鹿馬鹿しくて。アンタには必要なことさ」

「なにを言っているの。ねぇ皆さんも、本気なんですか？」

これほどまでに、お妙が狼狽えているのも珍しい。一方の三文字屋は、すでに頭を切り替えている。

「そうと決まれば、いい絵師を見繕ってこなければ。黄表紙の版元とも、どこまで融通を利かせてくれるか相談ですね。よぉし、やることが増えてきましたよ」

他の押し出しの強い旦那衆に比べて、三文字屋は控え目だとばかり思っていたのに。けっきょくのところ、ひと筋縄ではいかぬお人だ。もはやお妙に、否やを挟ませる気はないのである。

「できれば先ほどの吹き寄せ茶碗蒸しのような、秋の風情で描いてもらいたいですね」

「だったら春夏秋冬で、四枚描いてもらやいいんじゃねぇか」

「それは、季節ごとの包みを揃えたくなりますよ」

「お妙さんが作る、折々の料理も描いてもらっちゃどうです」

ああでもないこうでもないと、旦那衆は楽しげだ。こうなると、なにを言っても無駄である。この人たちは、相手に断らせない術をよく知っている。

「んもう、勝手に進めないでください！」

お妙はまるで子供のように、真っ赤になって足を踏み鳴らした。

忍ぶれど

一

「買わねぇかい、買わねぇかい、銭緡買わねぇかい！」

店の前で唐突に、喚きたてる者がある。

十月も二十五日となればさすがに風が冷たく、入り口の板戸は閉めてあった。それを表から激しく叩き、呼ばっている。

「おぅい、買っとくれ、銭緡、買っとくれ！」

やっかいなのが来てしまった。かといって放っておけば、いつまでも店の前で騒ぐだろう。ちろりに酒を注いでいたお妙は、前掛けで手を拭いつつ応対に出た。

板戸の向こうに立っていたのは案の定、銭緡百本を肩に担いだ男だった。冬だというのに褌一枚に法被を羽織っただけの寒々しい格好をしており、胸や腕にびっしりと彫られた刺青が覗いている。

臥煙と呼ばれる、定火消に雇われた渡り中間だ。火事となれば真っ先に火に飛び込んで行かねばならぬ身ゆえに、気性の荒い者が多い。目の前の男も眼光鋭く、物売りの態度とは思えぬほど真上から見下ろしてくる。

「ちょうど百文。買うよな？」

まるで買うことが決まっているかのような言い回しだ。重たい百文緡が、担ぎ直した拍子にじゃらりと鳴った。

銭緡は一文銭の穴に紐（ひも）を通して束ねたもので、臥煙たちは百枚分を手間賃込みの百文で売りつけてくる。百枚と言いつつ実は九十六枚しかなく、差し引いた四文が儲（もう）けとなるわけだ。火消屋敷の詰所に寝起きする彼らの、主な内職である。

とはいえ銭で銭を買いたがる物好きなど、めったにいない。四文損をするとあれば、なおさらだ。

それでも断れば、なにをされるか分からない。居座られたり凄（すご）まれたり、早いところが押し売りである。しかたない。四文で引き下がってくれるのなら、安いものと思うべきか。

「お待ちください」

諦（あきら）めて銭を取りに行こうと身を翻す。だがすぐそこに、心配して様子を見にきた魚河岸の仲買人、「カク」と「マル」が立っていた。

「いいや、待つ必要はねぇ」

「このままお引き取り願おう」

すでに昼八つ（午後二時）をとっくに過ぎているが、昼餉を食べ終えて長居していたのだ。阿吽像のごとき凄みで、お妙と臥煙の間に立ち塞がる。

「か弱い女相手に威張ってんじゃねぇよ」

「ああ、なんだとこの野郎！」

血の気の多い者同士がぶつかってしまった。「マル」と臥煙が鼻先まで顔を近づけ睨み合う。これではいつ取っ組み合いがはじまるか分かったものではない。

「まぁまぁ、お二人とも」

そこへ林只次郎が、呑気な顔で割り込んだ。このお侍なら、場をうまく取り収めてくれるに違いない。

「傍から見ると、まるで口吸いでもしそうなほど近いですよ」

「おいおい、勘弁してくれよ」

「なっ、なに言ってやがんでぃ！」

まったく、なにを言いだすのか。「マル」は毒気を抜かれたようだが、臥煙は馬鹿にされたと思ったか、顔を真っ赤にして唾を飛ばす。それでも只次郎の腰に下がった大小二本に目を留めると、「うっ」と息を飲み込んだ。

二本差しに喧嘩(けんか)を売るのは気が引ける。かといって素直に退散しては男が廃(すた)る。見(み)栄(え)と矜持(きょうじ)を守るため、身動きが取れなくなっている。

「なんだい、アンタら。入り口を塞ぐんじゃないよ」

ついに給仕のお勝まで来てしまった。煙管(きせる)を吹かしながら、睨みを利かす。熊(くま)でもすくみ上がりそうな眼光に、臥煙が「ヒッ！」と喉(のど)を引きつらせた。

「ほら、銭緡のアンタもそんなところに突っ立ってないで、さっさと帰りな」

わざとゆっくり煙を吐き、お勝が手の甲を見せて振る。

男相手には引き下がれずとも、母親より年嵩(としかさ)の女ならまだ面目は保てる。臥煙はこれ見よがしに舌打ちをすると、身を翻した。

「覚えてやがれ！」

内心ほっとしているくせに、お決まりの台詞(せりふ)を吐いて去る。小さくなってゆく背中を見送ってから、只次郎が感心したように息を吐いた。

「さすが、お勝さんですねぇ」

小皿に酢どり蕪(かぶ)と、蕪の葉のきんぴらを盛り合わせる。彩りに輪切りにした赤唐辛(あかとうがら)子(し)をちょんと載せ、まだ飲み直すという「マル」と「カク」に出してやった。

「ありがとよ、お妙さん。さっきのやつに無体は働かれなかったかい？」

「カク」に労（いた）わられ、首を振る。小娘ではないのだから、あれしきのことはなんでもない。だが少しばかり、気にかかることがある。

「あんなふうに、追い返してしまって大丈夫でしょうか」

なにしろ相手は火事場の消火にあたる臥煙だ。銭緡を買わなければ火事の混乱に乗じて家を壊しにくると、悪い評判も耳にする。もしものときに仕返しなどされては、こちらはたまったものじゃない。

「大丈夫じゃねぇか？」

と、「マル」が「カク」に顔を振り向けた。

「たしか去年から、定火消は町人地へ出張ってこなくなっただろ」

「ああ。よっぽど大きな火事ならともかく、滅多なことじゃ世話にゃなんねぇよ」

そういえば、そうだった。定火消はお上が四千石前後の旗本に命じて作らせたものでなにによりも守るべきは千代田（ちよだ）のお城である。近年は町火消の活躍も目覚ましく、ならば町人地はそちらに任せておこうとなったわけだ。

このあたりで火事があれば、先を争って駆けつけてくるのはいろは四十八組のうち八番組のほ組、わ組、か組、た組あたりである。

「だから、なにも心配はいらねぇさ」

「それもそうですね」

「マル」のまん丸な笑顔に、ほっと胸を撫(な)で下ろす。ちょうど酒の燗(かん)がついたらしく、お勝がちろりを運んできた。

「ま、なにより大事なのは火消の手を煩(わずら)わせないことだねぇ」

「ですね。これから火事が増えますし」

「カク」と「マル」につき合って床几(しょうぎ)で酒を飲みはじめた只次郎も、深く頷(うなず)く。

十月となれば炬燵(こたつ)開きもあり、暖を取るため火を使う機会が多くなる。それに加えて乾いた北西の風が吹きはじめ、ただのボヤでも煽(あお)られればどんどん燃え広がってしまう。

冬は火事の季節でもある。十月はじめの亥(い)の日を玄猪(げんちょ)として祝うのは、猪(いのしし)が火伏(ひぶせ)の神の使いとされていることと無縁ではないだろう。

「火事と喧嘩は江戸の花。とはいえ、ないにこしたこたぁねぇもんな」

「カク」が唇を突き出して、旨(うま)そうに酒を啜(すす)る。

居酒屋を営む身としても、他人事(ひとごと)ではない。

「うちも気をつけないと。秋葉(あきば)様のお札を新しくしようかしら」

秋葉権現は火伏の神。どこの家の竈にも秋葉様か、同じく火伏で有名な愛宕神社の札が貼られている。もちろん『ぜんや』の竈にも貼ってあるが、このところ煤けて文字が読み取りづらくなってきた。

「そりゃあいい。明日、向島に行くんだろ。ついでにもらって来られるじゃねぇか」

向島の秋葉権現のあたりは、江戸でも指折りの紅葉の名所。明日は馴染みの旦那衆と、約束の紅葉狩りに赴くことになっている。

元々はお妙の作った弁当を持って王子まで足を延ばしてはという話だったが、良人の升川屋からそれを聞きつけたお志乃が苦言を呈した。

「お花見やあるまいし、紅葉の下で宴会してはるお人なんか見たことがありまへん。それにお弁当やなんて、またお妙はんの手を煩わして。たまにはこちらから、いつものお礼にご馳走したらどないです」

向島界隈は風流人の好む地で、料理屋が数多くある。升川屋をはじめとした旦那衆はお志乃の言うことも一理あると大いに反省し、お妙の意見を聞く前から馴染みの料理屋を押さえてしまった。

こちらとしては、弁当を作るといってもべつにタダではない。お志乃のためや、旦那衆の集まりで作る料理も、お代はしっかりもらっている。お礼などされては、かえって申し訳ない。

「ま、いいんじゃないですか。皆さんそれだけ、料理以上のものをお妙さんから受け取っているんですよ。ここは素直に、ご馳走になっておきましょう」

だが只次郎のとりなしがうまく、断らせてはもらえなかった。

人が厚意でしてくれることに、遠慮ばかりも失礼だ。それに料理屋など、めったに行けるものではない。人様の料理を食べるのは、いい勉強になる。

そう考えて、お妙は「分かりました」と頷いた。

「では皆さんのご厚意に報いるため、これからもっと料理に精進します」

只次郎には「真面目だなぁ」と笑われてしまったが、それでも明日は楽しみだ。ただ一つ、そのお楽しみのために店を閉めなければいけないのが気がかりではある。

「すみません。仕事でもないのに、お休みすることになってしまって」

休みなのは前もって伝えてあるが、あらためて頭を下げる。すると「カク」と「マル」は顔を見合わせ、笑い合った。

「なぁに、いいってことよ」

「俺たちのお楽しみは、これからだもんなぁ」

昼餉の客がすっかりはけても、居残っている二人である。

「やっぱり、まだ帰ってはいただけないんですね」

お妙はため息を洩らしながら、静かに首を横に振った。

二

「はい、どうも。お邪魔しますよ」

表の板戸がガタリと音を立てて開いたのは、「カク」と「マル」が飲み直しはじめてしばらくしてからのことだった。

ついに来てしまったかと、お妙は恐る恐る振り返る。入ってきたのは白粉問屋の三文字屋だ。目が合うと、色白の頰をほころばせて会釈を返す。

「ああ、お妙さん。今日はよろしくお願いしますね」

三文字屋は見ず知らずの若い男と、潰し島田の粋な女を連れている。男は版元から紹介された、今売り出し中の絵師ということだ。お妙の顔を見るなり、「ほほぉ!」と文字通り飛び上がった。

「これはなんとも、画趣をそそるねぇ。ああ、はい、そのまま! それでもう少し目を伏せて。ああ、いいねぇ」

挨拶（あいさつ）もなくお妙に静止を求め、近づいてくる。見返り姿のまま動けずにいると、絵師がぐるぐると周りを歩きだした。

「あ、あの」

いったいなにをしているのか。そろそろ動いてもいいだろうかと声をかけると、絵師は「ふむ！」と大きく頷いた。

「いい！　どこから見てもいい！　そこそこの年増（としま）と聞いていたから心配したが、これなら歌麿（うたまろ）の美人大首絵にも負けないものが描（か）けるってもんだ！」

はじめて会ったというのに、失礼な男だ。戸惑いを隠せず三文字屋に目を遣（や）ると、申し訳なさそうに微笑みかけてきた。

「すみません。でも、腕はたしかですから」

だが血の気の多い「カク」と「マル」はそれでは収まらない。

「馬鹿野郎！　てめぇ、なんにも分かっちゃいねぇな。このくらいの年増がちょうどいいんじゃねぇか！」

「そうだそうだ、しょんべん臭（くせ）ぇ娘っこよりも、中年増のほうが色っぺぇんだ！」

もはやなにも言うまい。お妙は口を閉ざし、貝になった。

これからお妙を画材として、三文字屋の白粉包みの下絵を描いてもらうことになっている。何度頼まれても気乗りはしなかったが、「せっかくのお得意様の頼みなんだ。絵に描かれるくらい、なにを恥ずかしがることがあるんだい」とお勝に説き伏せられ、承諾した。

白粉包みの絵になったからといって、誰も言わなければそれがお妙とは分からない。三文字屋は只次郎が授けた案のとおり、すでに版元と話をつけて黄表紙の宣伝枠をもぎ取ってきたというし、絵師の手配まで頼んでいた。もはや否と言えないところまで、追い込まれていたのである。

むろんお妙にだって、三文字屋の商売を応援したい気持ちはある。ならばもう、腹を括るしかあるまい。

そう心に決めたというのに、只次郎がにこにこしながら三文字屋に近づき、とんでもないことを言いだした。

「いやぁ、お妙さんが引き受けてくださってよかったですね。絵の横に『神田花房町お妙』とでも刷り込めば、『ぜんや』にも客が増えるしいいことずくめですよ」

「ああ、それはいい。ついでに『ぜんや』でも売ってくだされば、なおのこといいですねぇ」

お妙はぎょっと目を剝いた。なんとも商人らしい考えである。たしかにそうすれば『ぜんや』の上がりも増えるかもしれない。でも、恥ずかしさに耐えられない。

「それはどうか、やめてください。お願いします」

どうやら、まだまだ覚悟が足りなかったようである。

絵師があまりに失礼だったため後回しになってしまったが、三文字屋はもう一人の連れである女を「お糸さんです」と紹介した。

「うちのお得意様の間でも評判の、女髪結いです」

どうりで粋なはずだ。目尻のホクロはつけボクロだろうか、化粧までうまい。

女髪結いは文字通り、女の髪を結うのが仕事だ。腕により、一回三十二文から六十四文。よっぽど人気の髪結いだと一回百文という者までいるそうで、芝居や料理屋にまで伴われてゆく。奢侈を嫌うお上からは贅沢だと何度も取り締まられているが、店を持たぬ廻り髪結いゆえ、網の目を潜ってむしろ増え続けている。

三文字屋の得意筋が贔屓しているのなら、お糸も一回百文の女かもしれない。人に髪を結ってもらうなど子供のころを除けばはじめてのことで、お妙は「よろしくお願いします」とかしこまる。お糸はそれが癖なのか、美しく紅を塗った唇を歪ませて笑った。

「ではさっそく、拵えをしてもらいましょう」

そう言って三文字屋がお糸の背を押し、二階の内所へと続く階段を指し示す。しかしここは居酒屋だ。なにも出さぬわけにはいかない。

「待ってください、なにか召し上がるものを――」

「いいよ、もう。今日は温めたり盛りつけたりすりゃいいものばかりだろ。アタシでもできる、行ってきな」

呆れた顔つきのお勝に、手振りで追い払われた。

たしかに今日は、平目の浸け込み、銀杏と根菜の炒め膾、椎茸の照り煮、鯖の酢炒りといった、作って置いておける料理ばかりだ。供するときの手間がかからないよう、あらかじめ考えてある。だがいくらお勝とはいえ、人任せにするのは不安だ。

「本当に？　平目には山芋のとろろをかけて、柚子皮をあしらってね。鯖は出汁と酢で煮てしっかり味は染みてるけど、仕上げに別鍋にある葛餡をかけて、それから――」

「こちとら昼間っから給仕をしているんだ、分かってるよ。いいから行きな！」

気がかりな点をつらつらと挙げていたら、ついに怒鳴られてしまった。お糸は我関せずで、風呂敷包みを抱えて先に階段を上ってゆく。

「あっ、待ってくださいお糸さん。じゃあ、お願いね、ねえさん」

慣れないことばかりで調子が狂う。お妙は慌ててお糸の後を追いかけた。

二階に上がり、すぐ手前がお妙の部屋。奥は良人の善助の部屋だったが、今では只次郎の鶯たちのものとなっている。お妙の部屋へと案内すると、お糸はきびきびと風呂敷包みを解きはじめた。

「じゃあさっそくだけど、鏡台に角盥、化粧道具一式を出して白粉を落としてくれますか」

「えっ、やり直すんですか」

化粧なら、ひと通りは施してある。髪を結うだけだと思っていたお妙は、簪を外そうとしていた手を止めた。

「あたりまえでしょう。三文字屋さんの白粉包みになるんですから、その白粉を使わないと」

「はぁ、そうですか」

そんなものは、絵になってしまえば分からないではないか。それが正直な気持ちだったが、不承不承頷いた。面倒なことになってきた。

「うわっ。なんだこりゃ、旨ぇ！」

なにを食べたのか、階下から絵師の声が聞こえてくる。ここまではっきり届くからには、かなりの大声だったろう。変わった男だ。思ったことを胸に留めてはおけぬようだ。

唐突な声に、意識が逸れた。その隙に、お糸の顔がすぐ目の前まで迫っていた。

「ひっ！」

とっさに身を引こうとしたが、頤を摑まれる。お糸がさらに、鼻先を近づけてきた。

「だいたいアンタ、化粧が下手だよ。元々の顔のよさに、胡坐をかいてんじゃないかい？」

口調まで、客を相手にするものではなくなっている。べつに胡坐をかいているつもりはないが、化粧に熱心なわけでもない。

「そんなに下手ですか」

「下手だね。たとえばアタシは、鼻が低いんだ」

そうだろうか。思わず鼻を見てしまう。決して高いわけではないが、ほどよい高さだと思う。

「とても、そうは見えませんが」

「だろう？　白粉の濃淡でそう見せてるのさ。鼻筋を特に濃くしたり、小鼻の脇を軽くぼかしたりしてね。左官じゃないんだから、のっぺり塗っちゃいけないよ」

「へぇ」

知らなかった。ムラなく塗り伸ばすのが精一杯のお妙は、感心のあまり目を見開く。

その瞳に、お糸のうっとりとした眼差しが注がれる。

「ああ、なんて綺麗なの。これだけ近くで見ても、シミひとつないじゃないか。こんなにごまかしのいらない顔を、アタシの好きにいじれるなんて信じられない。まぁ、生え際の毛の一本一本まで美しいわ。もっともっと綺麗にしてあげる。アタシに任せて、ね？」

熱い吐息が鼻先を濡らす。頬を林檎のように火照らせて、お糸が身を震わせている。

「お願い、します」

気圧されて、そう答えるしかなかった。

変わっているのは、絵師だけではなかったようだ。

三

きしり、きしり。着物の裾を捌きながら、階段をゆっくり下りてゆく。

「その地味な縞物は脱いでしまって！」と着物まで着替えさせられて、慣れぬお引きずりなので歩きづらい。いつもは動きやすいよう、帯の下で端折ってしごき紐で留めている。手で褄を取るのは、いったい何年ぶりだろう。

「さぁ、できたよ。皆の衆、御覧じませ」

すっかり上機嫌のお糸が先に下り、口上つきでお妙を迎える。

なんとも恥ずかしい。面を伏せつつゆくと、まずはじめに小上がりに座る菱屋のご隠居の姿が目に入った。

「嫌だ、ご隠居さんまでいらしたんですか」

「カク」と「マル」も、お妙が絵に描かれるところが見たいと言って居残っているのだ。見物人が、また増えてしまった。

顔を上げた拍子に、一同からどよめきが起こる。絵師が真っ先に口笛を吹き鳴らした。

「すげぇ！　すげぇよ、お妙さん。アンタ、絵に描かれるために生まれてきたような女だよ！」

やる気に火がついてしまったようで、さっそく画帳を開き、懐から矢立を取り出す。

そんな女はいませんよと、口を挟む隙もない。

「素晴らしい。いつもお綺麗ですが、さらに匂い立つようですよ」

「匂い立つ、それだ！」

ご隠居の賛美に、「マル」が膝を打ち鳴らす。「カク」もうんうんと頷いた。

「遠目に見ても、いい匂いがしそうだもんなぁ」

「ご覧よ、お侍さんが惚けちまってるよ」

お勝の声に顔を巡らせてみれば、たしかに只次郎が口を開けたまま固まっていた。あまりのいたたまれなさに、お妙はまた面を伏せる。

自分でも鏡を見てびっくりするほど、お糸の化粧は凄まじかった。お妙の顔の造りを見越した上で、白粉を重ねて塗ったり、幾種類もの刷毛を使ってぼかしたり、顔に紙を当てて水をつけた刷毛で何度も刷いて落ち着かせたり。「仕上げに湿った手拭いで瞼を押さえると、能面みたいな顔にならないんだよ」と、お妙にもできそうな技まで教えてくれた。

その甲斐あって、いつもより肌がきめ細かく、明るく見える。眉は心持ち細く、目尻には紅がぼかされて、肌の白さをいっそう引き立てている。

髪は灯籠鬢丸髷。髷は扇を広げたように大きく、鬢張りを入れて広げた鬢の毛は、向こう側が透けるほど櫛目美しく整えてある。着物は藤鼠、衿元から下に重ねた鴇羽色の小紋を覗かせ、半衿は潔く白い。

「うん、よかった。こちらで見立てた着物もお似合いですね」

着物だけでなく櫛や簪も、お妙の顔に映えるものをと三文字屋が選んでくれたらしい。女相手の商売だけに、さすが色合わせの趣味がいい。

「おいおい。うつむくんじゃねぇよ、こっちを見てくれ！」

恥じらいを捨てきれずにいると、絵師からお叱りを受けてしまった。諦めてそちらに目を遣れば、恐ろしいほどの速さで筆を動かしはじめる。

「顔をもう少し左、そう！　そのまま目だけこっちにおくれ。どんどん描いてくから、注文に応えておくれよ！」

下絵など一、二枚で終わりと思っていたのに、絵師の手は止まらない。何十枚も描いて、一番いい一枚を選ぶつもりのようだ。お妙からは自分がどう描かれているかは見えないが、迷いのない筆の運びに驚き、魅せられた。

「そういえば三文字屋さんが秋の風情でとおっしゃっていたから、紅葉の枝を取り寄せて持ってきたんですよ」

「そりゃあいい、お妙さんに持たせてくれ！」

ご隠居から真っ赤に色づいた紅葉の枝を手渡され、ひとまず両手に抱える。明日の紅葉狩りを待たずして、趣に触れてしまった。

「いいね、燃えるような赤だ。もっと顔の近くへ。いいや、やっぱり誰かが持って、お妙さんの顔にかざしておくれ」

絵師からの注文を受け、「カク」が紅葉をかざし持つ。

「よし、次はもうちょっと顔を寄せてくれ！」

速い。絵師の没入は凄まじく、物に取り憑かれたかのように目は爛々としている。

その目に、自分はどう映っているのだろうか。絵師の熱に溶かされて、恥じらいが消えてゆく。周りの目も音も、どんどん遠ざかってゆく。

それは不思議な感覚だった。お妙の眼前にあるのは、巨大な一対の目だけだ。虚飾をすべて剝ぎ取ってしまう、真実の目だ。

もはや逃れることはできない。お妙は波のように押し寄せてくる絵師の目に、すっぽりと飲み込まれていた。

「ああ、もう駄目だ。手元が見えねぇ！」

悲鳴に近い絵師の声に、はっと現に引き戻された。

ただ立っていただけのはずなのに、水の中を泳いできたかのように全身がだるい。

「座ってください」と三文字屋に促され、崩れ落ちるように床几に掛けた。

気づけば辺りは薄暗く、行灯（あんどん）に火が入れられている。すでに暮れ六つ（午後六時）が近いのだ。

いつの間に帰ったのか「カク」と「マル」の姿はなく、お糸も次の客に呼ばれて行ったようだ。お勝は小上がりの壁に凭（もた）れて船を漕（こ）いでおり、同じく小上がりで見物していた只次郎とご隠居も、なぜかげっそりとしている。

「お疲れ様です。ひとまず一服しましょう、ね」

依頼した手前、立ちっぱなしで様子を見守っていた三文字屋も、足腰にきたようでよろよろと小上がりの縁（へり）に手をかけた。ただ一人絵師だけが、体中に生気を漲（みなぎ）らせている。

「こんなことなら、朝からはじめればよかったな」

などと、途方もないことを言う。

お妙は胸に手を当て、弾む息を整える。まったく、なんという絵師だ。この男こそ、絵を描くために生まれてきたようなものだ。

見たところ、まだ三十そこそこ。将来は、とんでもない大家になるかもしれない。

「あの、失礼ですがお名前は？」

苦しい息の下で尋ねてみると、絵師は「おや」と目を瞬いた。

「名乗ってなかったか。勝川春朗だ」

聞いたことのない名である。それでもこの名は、心に留めておくとしよう。

がたがたと、窓の障子が揺れている。風が出てきたようである。店の中もうすら寒く、お妙は軽く身震いをした。

「すみません、寒いですね。お酒でも温めましょう」

その前に、いつもの着物に着替えなければ。無理に立ち上がると眩暈がしたが、動けないほどではない。

「そうですね、春朗さんはさっきも飲んでいませんでしたし。ここは私が持ちますので、好きなだけ飲んでください」

絵を描くために、酒を控えていたのだろうか。しかし春朗は、三文字屋に勧められても首を横に振った。

「いいや、それには及ばない。俺は下戸だ」

「おやまぁ」

それでは生きる楽しみが半減するではないかとばかりに、ご隠居が面を上げた。

春朗は不敵に笑う。

「絵に酔えるから、それでいいのよ」

そう言って、散々使役した筆を矢立に収める。おかげでこちらは、悪酔いである。

「だがさすがに爪先(つまさき)が冷えてきた。なにか温かいものが食いたいが」

おそらくそれは、誰もが望んでいたことだろう。お妙だって、腹の中から温まりたい。

「かしこまりました。少しお待ちください」

着替えをするべく、重い体を引きずって内所を目指す。階段に足をかけたところで、背後から声がかかった。

「あの、なにか手伝えることはありますか」

只次郎である。普段なら「平気です」と突っぱねるところだが、今は頑(かたく)なになれない。

「すみません、では大根を丸ごと一本擂(す)り下ろしていただけますか」

丸ごと一本分の大根おろしは、そこそこの力仕事である。それでも只次郎は、「はい！」と嬉(うれ)しそうに頷いた。

七厘の上で、土鍋がぐつぐつと煮えている。盛んに立ち昇る湯気が、小上がりで車座になった面々を温める。

もはや気力、体力が残っておらず、店は早々に閉めてしまった。他の者も黙ったまま、無心に煮える鍋を見つめている。お勝などは、まだ眠たそうである。

鍋の中は、一面に霙（みぞれ）が降ったかのような趣だ。醬油（しょうゆ）と酒で味を調えた出汁に、丸ごと一本分の大根おろしを加え、豆腐を煮立てている。みぞれ豆腐という。

ただし腹が減っているので、平目の切り身、葱（ねぎ）、椎茸、人参（にんじん）なども放り込んだため、みぞれ鍋と呼んだほうが相応（ふさわ）しいかもしれない。そろそろ食べごろである。

春朗から順に、取り分けてやる。三文字屋が「お妙さんとお勝さんもご一緒に」と誘ってくれたので、ありがたく自分たちの分も器に盛る。

「お好みで、七味唐辛子や柚子の皮を入れてください。血の巡りがよくなりますから」

「ほほう。血の巡りには柚子、ね」

頭に刻み込むように呟（つぶや）いて、春朗は柚子の皮の擂り下ろしをたっぷりかけた。お妙が熱々の豆腐を吹き冷ましている間に、早くもひと口目を頬張る。

「なんだこりゃ、旨ぇ！」

カッと目を見開き、天を仰ぐ。大袈裟（おおげさ）な男である。

「ありがとうございます」

「いや、本当に。俺はあまり飲食に関心のない人間だが、お妙さんの料理は不思議と旨い」

「ええっ、そんな方がいるんですか？」

食いしん坊の只次郎にとっては、信じられぬことだったようだ。しかし世の中には腹さえある程度満たされれば、味はどうだっていいという者がいる。なにを隠そう、お妙の亡き父もそうだった。

きっと他に熱中することがあるから、そこにまで頭が回らないのだろう。父も堺の家には居着かず、江戸へ長崎へと飛び回っていた。

「ああ。絵を描いていると、あまり腹も減らんしな」

やはりそういうものなのか。器によそった汁を啜りながら、お妙は床几の上に無造作に放り出された画帳を見遣る。自分がどういうふうに描かれたのか、絵の出来栄えはまだ知らない。

「見るか？」と問われ、頷いた。

春朗が裸足のまま一旦土間に下り、画帳を携えて戻ってくる。行灯を引き寄せて座り直すと、それを膝の上に広げた。ゆえにお妙は横から、覗き込む形になる。

「どれもなかなかいいぞ」

枚数は、かなりある。一枚一枚見せるのではなく、春朗は画帳を素早くめくってゆく。顔の向きや目のやり場がほんの少しずつ違うお妙が、ぱらぱらと動いているように見えて面白い。

目の裏に前の像が残っているせいかしら。内心首を傾げていると、春朗がぴたりと手を止めた。

「中でもこれが、一番いい」

その絵は一見すると、他の絵とさほど違いがないように思えた。だがよくよく見てみると、どこか一点に注がれている瞳はうっとりとして、唇はもの言いたげに薄く開いている。墨だけで描かれているとは思えないほど、華やいだ感じのする一枚だった。

「お妙さん、このときアンタ、どこを見ていたか覚えてるかい？」

絵に描かれている間のことは、分からない。魂を抜かれたのではないかと疑うほどだ。

お妙が首を振ると、春朗はにやりと笑って耳元に囁いてきた。

「あの若侍を見てたのさ」

どきりと心の臓が跳ねた。とっさに振り返りそうになったのを、意志の力で堪える。

鍋に舌鼓(したつづみ)を打っている只次郎を突然顧みるなどしては、なにごとかと勘繰(かんぐ)られてしまう。

虚飾を剝ぎ取られそうに感じたのは、幻ではなかったのか。腕のある絵師というのは、恐ろしい。

「さて、なんのことでしょう」

今さら取り繕ったところで、春朗には通じない。そんなことは百も承知で、お妙は自分のために空惚(そらとぼ)けた。

春朗は「おやおや」と、面白そうに眉を持ち上げる。

「お前さん、厄介な女だねぇ」

知っている。長いつき合いのお勝にも、そう言われた。けれどもそれを、貫き通すつもりでいる。

お妙は春朗に微笑みかけ、その笑顔のまま鍋をつつく只次郎たちを肩越しに見る。

「皆さん、たっぷり召し上がってくださいね。よろしければ、玉子雑炊(ぞうすい)もできますよ」

案の定、只次郎が「雑炊!」と色めき立つ。

「では、ご用意しますね」

それを口実に、お妙は夢見るような目をした絵から、逃げるように立ち上がった。

四

疲れた。

表と勝手口の戸につっかい棒をして、お妙は床几にどさりと身を投げる。

こんなだらしないところは、誰にも見せられない。だから片づけはしなくていいとお勝を帰し、只次郎も早々に裏店(うらだな)へ引き取らせた。まさかこんなに、疲れるとは思わなかった。

絵に描かれるということを、甘く見ていたのかもしれない。

はじめはただ、恥ずかしいという理由で断っていた。だが絵というのは、似姿を写し取るだけではない。隠しておきたい内面まで、否応(いやおう)なく暴き出してしまうものだ。

そうと知っていれば、なにがなんでも断ったのに。

春朗が「一番いい」と言った絵を、三文字屋も気に入ったようだった。もうしばらくすれば夢見るような瞳をしたお妙の顔が、白粉包みとなって世に出回るのか。とんだ笑い話である。

「ものや思ふと、人の問ふまで」

古い歌が、唇の端からぽろりと洩(も)れる。三十六歌仙の一人、平兼盛(たいらのかねもり)だ。

しのぶれど色に出(い)でにけりわが恋はものや思ふと人の問ふまで。

もしや隠し通すと決めたお妙の想(おも)いも、そんなふうに洩れ出て人の目に触れているのだろうか。

少なくとも、お勝には気づかれている。だったら人を見る目に長(た)けたご隠居たちが、気づいていないとは思えない。

たぶん、升川屋さんは大丈夫でしょうけど——。

まさか一人一人に、「お気づきですか」と聞いて回るわけにもいかない。

体は冷えているのに顔ばかりが熱くなってきて、お妙は両手で頬を包む。なにが隠し通すだ。恋を知ったばかりの小娘でもあるまいに、情けない。

「嫌だわ」

善助が残してくれたこの家で、あの人を亡くした悲しみに泣き崩れたこともあるこの床几の上で、他の男への想いに煩わされている。

「そんなのは、嫌だわ」

善助だけを、想い続けてゆくつもりでいたのに。

生きている人間は、なんて弱いのだろう。死者が与えてくれた永遠の傘の下から、すぐに抜けて出てしまう。

「ほら、ここが今日からお前んちだ。足りないものがあったらなんでも言ってくれよ」

まだ新しい木の香りがするこの家に、はじめて連れてこられた日のことを覚えている。

調理場の土間の傷は、お妙が十二のときに包丁を落としてできたもの。あのときは、「危ないだろう！」とこっぴどく叱られた。

階段の三段目が特に軋むのは、酒に酔った善助が踏み抜いたことがあるから。修理をしてもあそこだけは、他と違う音がする。

それからいつも料理の皿を載せている見世棚は、実はほんの少し傾いていて、鞠を載せると転がってゆく。善助が、素人大工で取りつけたものだから。「ここに西瓜は置けねぇな」と、笑い合ったこともあった。

ふと見回しただけでも善助との思い出は、家中に染み込んでいる。どれも抱きしめたいほど大切だ。だけどもう、増えることはない。

頰に当てていた手で、顔を覆う。火事の多い季節だ。客用の火鉢と行灯の火を始末して、竈の炭は種火になるよう灰に埋めておかなければ。

そう思っても、体のどこからも起き上がる力が湧いてこない。

明日は旦那衆との紅葉狩り。もちろん只次郎もいる。どんな顔をして、一日を過ごせばいいのだろう。

疲れた。ひとまずなにも、考えたくない。

お妙は手で顔を覆ったまま、ゆっくりと目を閉じた。

カンカンカンカンカン！

打ち鳴らされる半鐘の音に、お妙ははっと身を起こした。

しばらく微睡んでいたらしく、今が何刻かも分からない。けたたましい半鐘の音に、平穏がかき乱される。

火事か。表がやけに騒がしい。半鐘の音は、ずいぶん近い。

慌てて表のつっかい棒に取りつき、板戸を開ける。薄い蜻蛉の翅のような、灯籠鬢が風に煽られる。火から逃れてきたらしい人々が、布団などの家財道具を背負って駆け抜けて行った。通りに立ち振り仰ぐと、西の方が竈の中のように燃え盛っている。

「逃げろ！　湯島から火が出た。こっちまで来るぞ。早く逃げろ！」

先触れらしき者が大声で呼び掛けながら走ってくる。袢纏(はんてん)の背には丸に「わ」の字。町火消のわ組である。

湯島なら目と鼻の先だ。強い風に乗って、すでに火の粉がこの辺りまで届いている。これはいけないと、店の中に取って返す。草履を脱ぎ散らし、二階へと続く階段を駆け上がった。

奥の部屋から、チチチチと小鳥の地鳴きが聞こえる。只次郎の鶯たちだ。たかだか小鳥とはいえ、今この家で最も値打ちがあるのはルリオとハリオに違いない。一羽あたり、百両で引き取りたいという申し出もあったと聞く。

そんな値がつかなくたって、命あるものを火事で死なせるのは忍びない。雌(めす)の鶯も含めて、籠桶(こおけ)は全部で五つ。風呂敷一枚では足りない。

箪笥(たんす)を開けつつ、その上に飾ってあった善助の位牌(いはい)と財布を懐に入れる。それから風呂敷を二枚、床に広げた。

「ごめんね。ひどく揺れるかもしれないけど、許して」

籠桶を二つと三つに分けて、手に提げられるよう包んでいると、階下で「お妙さん！」と声がした。

「お妙さん、お妙さん、どこですか！」

勝手口はつっかい棒をしたままだが、表は開けっ放しだ。裏店からぐるりと回って入ってきたのだろう。只次郎がお妙を呼びながら、階段を上ってくる。

「こちらです！」

声をかけると、足音が高くなった。階段を上りきったところに只次郎の姿が見えたとき、お妙はほっと肩の力を弛めていた。

よかった、来てくれた。守るべき小さな命があったからどうにか体が動いたが、本当は心細さに胸が押し潰されそうになっていた。

「ああ、よかった」

只次郎が駆け寄ってくる。気づけばお妙は、その腕に抱きすくめられていた。日なたのようなにおいがする。只次郎の懐は温かい。離れがたくてお妙からも、腕を回してすがりついた。

背中に回された手の感触に、只次郎が身を固くする。優しく肩を撫でてくる。

「震えていますね、お妙さん」

「すみません、火事は苦手で」

そんなものは誰もが苦手とするところだが、お妙は幼いころにふた親を亡くしている。隠れていた押し入れから出てみると家の中は火の海で、「おとっさん、おかかさん」と呼ぶことも叶わず口を押さえて必死で逃げた。

そういえばなぜ、あのとき自分は押し入れの中にいたのだろう。

「大丈夫ですよ」

もう一度、強く抱きしめられる。体の震えは、いくぶんましになったようだ。

落ち着いたと見て取ったか、只次郎が名残惜しそうに身を離す。

「ひとまず、逃げましょう。私の鶯を気にかけてくださって、ありがとうございます」

包みきれていなかった籠桶を風呂敷できゅっと結び、お妙を促し立ち上がる。

「他に、持って出るものは？」

お妙は首を横に振った。荷物が多いと、逃げるときの邪魔になる。こういうときは身軽でいなければならない。

「ではすみませんが、風呂敷を一つ持ってくれませんか」

籠桶が二つ入った包みを手渡された。空いたほうの手を、只次郎が強く握る。

「決して離さないでくださいね」

毎朝木刀を握るせいで、いつの間にか硬い胝ができてしまったその手が心強い。お陰で裏店の面々を心配する余裕がでてきた。

「おえんさんは、もう逃げたでしょうか。ずいぶんお腹が大きいのに」

「ええ、ご亭主が連れて行きました。心配いりません」

「お銀さんは？　足腰が弱っているでしょう」

「箍屋の亭主が負ぶってゆくのを見ましたよ」

「小さい子たちは――」

「皆逃げました。猫のシロも、おえんさんの懐から顔を出していましたよ」

どうやら只次郎は、裏店の住人たちが逃げるのをある程度見届けてから来たらしい。

「そう、よかった」

お妙はほっと胸を撫で下ろす。すぐに皆と再会して、無事を喜び合えるといいのだが。

そのためには自分たちも、火から逃げきらねばならなかった。

五

只次郎と連れ立って表に出てみると、通りは先ほどよりも逃げ惑う人、人、人でごった返していた。狂ったように赤ん坊が泣き、そこいら中で「押すな！」「どけ！」

「早く行け！」といった怒声が上がる。

皆一様に、東を指して走っていた。このまま真っ直ぐ行けば突き当たりが大川だ。火から逃れんとして水場を求めるのは、人としての性なのだろうか。大川を越えてしまえば、もはや火も追っては来られまい。

あちこちの屋根で纏が揺れ、鳶口を手にした町火消が延焼を防ぐため柱を壊し、家を引き倒している。だが火の手はそれ以上に速い。風で火の粉が飛んできたのか、裏木戸を挟んだ隣に建つ仕立屋の庇が燃えはじめていた。

「ああ」

目の前が、一面炎に包まれる。赤い舌がちろちろと天井を舐め、柱がめきめきと恐ろしげな音を立てる。これは、ふた親を亡くしたときの火事の光景だ。

立ち昇る黒煙に目をやられ、涙がとめどなく頬を伝う。どこへ逃げればいいの、おとっさん。熱くて怖いよ、おかかさん。でも駄目、声を出したら私も殺される――。

「お妙さん！」

肩を揺すられ、はっと息を飲んだ。

今のは、なに？　目を瞬いていると、只次郎に手を引かれた。

「ぼんやりしないで、行きますよ！」

そうだ、逃げなければ。間もなくこの家にも、火が移る。善助が遺してくれたものが、すべて灰になってしまう。

「いや！」

ぞっとした。心の拠り所だったこの店が燃えてしまうなら、いっそ自分もと思いが揺れた。

只次郎の手をとっさに振り払おうとして、逆に強く握り込まれる。

「落ち着いてください。なにより大事なのは、生き残ることです」

冬なのに、こめかみに汗が滲んできた。隣の仕立屋が、すでに激しく火を噴いている。じりじりと、頬が炙られる。

「おい、てめぇら！　さっきからなにをぐずぐずしてんだよ！」

怒声と共に、鳶口を持った男が人の波を押しのけて近づいてきた。袢纏を着ているが、町火消のものではない。

「あっ！」

只次郎が先に気づいた。男は昼間の臥煙だった。

離れたところに、騎馬の定火消や与力の姿が見える。風が強いため、町人地まで出張ってきたのだ。

「さっさと逃げろ。北だ、北へ行け！」

必死の形相をして、鳶口で北を指す。ぐずぐずしているお妙たちを見かね、わざわざ隊から離れてきたのだ。

「北ですか」と只次郎が尋ねる。

「ああ、北西の風がとにかく強い。このままじゃここいら一帯だけじゃなく、日本橋も危ねぇ。大川に向かっても、人が多すぎると橋が落ちることもある。北だ！」

風は北西から、南東に向かって吹いている。風向きと同じ方向に逃げても炎に追われるだけだ。

「分かりました。ありがとうございます」

「礼を言うくらいなら、次は銭緡買っとくれ」

「ええ、次こそは」

男同士にやりと笑い合うと、臥煙は駆け足で自分の隊に戻って行った。

だんだん喉が痛くなってきた。隣から流れてくる黒煙のせいだ。只次郎はお妙の手を引き、店の中へと舞い戻る。

「勝手口から出て、北に抜けましょう」

馴染み深い店内を、足早に突っ切る。つっかい棒を外すとき、只次郎は籠桶の包みをいったん下に置いてその手で外した。お妙の手は、しっかり握り込まれたままだった。

裏はまだ、火の手が上がっておらず静かなものだ。少しくらい火があったほうが足元が見えるのにと思うほど。慎重にどぶ板を踏み、裏店へ抜ける。いつも賑やかな棟割長屋が、しんと静まり返っている。

ここに住むのは、ほとんどその日暮らしの者たちだ。逃げるあてはあったのだろうか。ただでさえ不安な夜なのだから、屋根のあるところで過ごせていればいいのだが。

「ひとまず、仲御徒町へ。林家の拝領屋敷がありますから」

「そんな。悪いです」

お妙は立ち止まり、首を振る。武家地になんて、足を踏み入れていい身分ではない。

「たかだか百俵十人扶持の家です。たいしたものではありません」

「ですが――」

「いいかげんにしてください」

諌める只次郎の声は、これまで聞いたことがないほど低い。真剣な眼差しがお妙を捉える。噛んで含めるように、その先を続けた。

「いいですか、よく聞いてください。私には、あなたより大事なものはないんです」

表の通りはあんなに騒がしいのに、ここはなんて静かなのだろう。思いの丈を込めた只次郎の言葉を、聞かなかったことにはできない。

「ですからどうか、あなたには自分を大事にしていただきたい」

こんなときに、どうかしている。涙が出るほど、嬉しいなんて。

きっと今、私はあの絵と同じ顔をしている。

お妙は只次郎から目を背ける。夢見心地なあんな顔を、決して見られたくはなかった。

「あっ」

顔を向けた先の町は、赤く煮えたぎっている。『ぜんや』の屋根にも火が移っていた。全体が炎に包まれるまで、もう幾ばくもない。

「ああ――」

涙が頬を伝ってゆく。燃えている。なにもかもが、燃えつきてしまう。

おとっさん、おかかさん。

炎に囲まれた幼い日の記憶が胸に蘇(よみがえ)る。あの夜のことは、ずっと頭に靄(もや)がかかったように曖昧(あいまい)だった。あの火の海の中から、どのようにして逃げたのかも分からない。

押し入れを出たときにはもう、逃げ道はすべて塞がっていた。

でも堺のあの家には、内井戸があった。お妙は釣瓶を伝ってその中に下り、燃えるものがなくなるまでひたすら震えて待ったのだ。

助かってすぐに熱を出してしまったから、記憶が薄れたのかもしれない。それとも覚えているのが辛いから、自分で蓋をしてしまったのか。

「あの人らが帰るまで、ここに隠れていなさい。ええね、声は決して出したらあかんよ」

あれは火の出る前のこと。幼い娘を押し入れに隠し、亡き母はたしかにそう言った。

夢うつつ

一

チチチチ。

鶯の地鳴きの声で、目が覚める。

外は白々と明け初めているようだ。障子窓越しに滲む光で、部屋の調度も輪郭を浮き彫りにされている。

そろそろ起きなければ。そう思うのに、真綿がたっぷり詰まった夜着は温かく、手足を縮めてもうひと眠りしたくなる。寒い冬の朝寝ほど、贅沢なものは他にない。

それでもまっとうな大人には、起きてなすべきことがある。腹の底にえいやと力を込めて、林只次郎は布団の上に身を起こした。肩口がひやりとして胴震いがしたが、もうひと息だ。夜着を剝ぎ取るようにして立ち上がる。

霜月八日、もはやいつ雪が降ってもおかしくはない。火の気のない部屋は冷えきっており、「寒い、寒い」と足踏みしつつ着替えを済ませる。まずは体を温めるべしと、夜具の始末は後にして赤樫の木刀を手に取った。

外に出れば見慣れた林家の中庭でも、裏店の前でもなく、手入れの行き届いた広い庭である。籬の向こうは茶室へと続く外路地で、青々とした苔が朝露に濡れていた。

足元を軽く均し、只次郎は木刀を上段に構え、振り下ろす。十を数えるころには寒気が去り、二十を超えると汗ばんでくる。そのうちに体から湯気が立ち、諸肌を脱ぐと冷気が肌に心地よい。

我ながら、素振りも様になったものだ。木刀に振り回されていたころが嘘のようである。今ではこの日課をこなさないと、体がそわそわして落ち着かない。体と同時に心もまた、あるべきところに収まってゆく。

木刀を振るごとに汗が飛び散り、そろそろ千を数えようというころ、背後からざくざくと玉砂利を踏む音が近づいてきた。

「おはようございます。精が出ますねぇ」

裏口から入ってきたのだろう。大伝馬町、菱屋のご隠居である。ようやく空も明けきったころというのに、綿入れに暖かそうな羽織を合わせ、外から戻ってきた様子。後ろには菱屋の現当主、すなわちご隠居の子息も控えており、供の手代は肩にお多福の面がついた巨大な熊手を担いでいた。

「おはようございます。すみません、見苦しいところをお見せして」

只次郎は慌てて木刀を下ろし、帯に引っかけておいた手拭いで汗を拭う。ご隠居はともかく、現当主との交わりは深くない。ややよそ行きの声でかしこまる。

「いいえ、とんでもない。こちらこそ、邪魔をいたしました」

風貌も中身も狸のような父には似ず、現当主は優しげな男である。物腰も柔らかく、微笑むと目が線になってしまう好人物だ。居候の只次郎を邪険にもせず、礼を以て接してくれる。

先月二十五日、湯島の無縁坂から出た火事により、神田花房町はすっかり塵灰と化してしまった。被害は外神田に留まらない。火の粉は神田川を越えて飛び、日本橋へ。堺町の中村座、葺屋町の市村座まで類焼するほどの大火事となった。

火の通り道になったのではないかと危ぶまれた大伝馬町菱屋は、幸いにも町火消や出入りの鳶の尽力により、無事である。本石町俵屋に駿河町三河屋、小舟町三文字屋といった、つき合いの深い家にも被害はなく、火事の翌日様子を見て回った只次郎は、ほっと胸を撫で下ろしたものだった。

旦那衆のほうでも只次郎と、それ以上に鶯たちの無事を喜んでくれた。会う人ごとに只次郎の心配よりも「ルリオとハリオはどうなった?」と迫ってくるのには、いささか閉口したのだが。

神田花房町の裏店の面々も、火事の夜以来会えていない者もいるが、噂によると全員が逃げおおせたらしい。家財道具を失ってもさすがは江戸っ子、火事の跡をさっさと片づけ、燃え残った木材で仮小屋を作って寝起きしていたりもする。たくましいものである。

貸本屋を営んでいた大家は親戚の家に身を寄せており、訪ねてみると、商売道具と共に秘蔵の春本まで焼けてしまったそうで、魂が抜けたようになっていた。それでもあそこはおかみが強い。

「なぁに、少しの辛抱だよ。店子はアタシの子供みたいなもんだ。一日も早く元通りに暮らせるよう、地主をせっつきまくってるからさ、すぐに建て直してもらえるよ」と、堅肥りの肩を揺すってみせた。お節介が過ぎるところもあるが、頼りになる女である。

そんなわけで神田花房町の再建までは、ご隠居の勧めもあり、菱屋の離れの一室に仮住まいさせてもらっている。火事の夜こそ林家の拝領屋敷に逃げ込み、眠れぬ夜を明かしたものの、自ら出て行った家には居場所がない。

そう感じているのは只次郎だけのようで、再三引き留められはした。だが兄が当主となった家の厄介として生きるには、すでに外の空気を吸い過ぎてしまった。

菱屋の離れは実家よりも、よっぽど居心地がいい。大店の商いの様子を間近に眺められるのも面白い。商家では火事のとき、持って逃げるのは金銀財宝よりも大福帳。お得意様の名簿さえあれば、売り物など多少焼けても商売は立て直せると聞き、なるほどと膝を叩いた。本当に大切なのは、物ではなく記録なのだ。

只次郎の場合、鶯たちを無事に助けることはできたが、鳴きつけに関する記録はすべて灰になってしまった。今後も商いに携わってゆくつもりなら二度と焼いてはなるまいと、心に誓ったものである。

「じゃ、熊手は店に飾っといてくださいね。毎日ちゃんと、埃を払うんですよ」

母屋へと向かう息子と手代に注意を与え、ご隠居だけが離れに残る。只次郎とご隠居は、壁一枚を隔てたところで寝起きしているのである。

「酉のまちですか。誘ってくだされればよかったのに」

汗が引き、風が冷たくなってきた。着物の合わせを直しながら、只次郎は唇を尖らせる。

今日は十一月はじめの酉の日、鷲神社や酉の寺の祭礼で市の立つ日だ。近年は吉原の遊郭を東に控える浅草の鷲神社が特に人出が多く、ご隠居たちもそちらへ赴いたそうである。

真夜九つ（午前零時）の一番太鼓にはじまり、終日賑わう酉のまち。どうせ行くなら自分も誘ってほしかった。

「うちは毎年夜も明けぬうちから行って、女郎遊びもせず帰ってきますんでね。林様には物足りないかと思ったんですよ」

浅草の鷲神社の酉のまちでは、普段は閉ざされている吉原の裏門が開け放たれる。廓から出ることを禁じられている遊女もこの日だけは参拝が許されて、ナカもまた大賑わい。酉のまちに行くと言って、実の狙いは女郎買いという御仁も少なくはないのである。

「まさか。そんな目論見はありませんよ」

「冗談ですよ」

ご隠居がにやりと人の悪い笑みを浮かべる。それからどんな花魁や太夫も敵わない、只次郎の想い人の名を口にした。

「どうせなら、お妙さんを誘って行ってくりゃいいんじゃないかと思いましてね」

只次郎が菱屋で世話になっているように、同じく焼け出されたお妙も新川の升川屋の離れで日々を過ごしている。ご新造のお志乃がそうするよう、強く勧めたからである。

火事の翌日に行くはずだった紅葉狩りは当然流れ、お妙はもう十日以上、升川屋の離れを出ていない。祭りに誘って連れ出せば、多少は気分転換になるだろう。

「ああ、そうですね。鶯の世話をしたら、さっそく行ってきます」

お妙と連れ立って歩くなら、武家の拵えより町人に扮した「只さん」のほうがよかろう。綿入れを尻っ端折りにして、袢纏でも羽織ってゆくか。生憎着るものもすべて燃えてしまったが、道中で古着を見繕って升川屋で着替えをさせてもらえばよい。

そうと決まればやるべきことを早く済ませてしまおう。まずは寒い日にはなにかと億劫な洗面だ。

汗を拭った手拭いを首に掛け、只次郎は井戸へと走った。

二

大伝馬町の菱屋から霊岸島四日市町の升川屋までは、男の足ならば四半刻（三十分）とかからない。このところ、お妙の様子を窺うために日参している道のりだ。

その間、人形町あたりまでは、まだ生々しい焼け跡が目についた。通りを一つ隔てただけで無事な町と焼けてしまった町があり、命運というのはほんの些細な違いで分かれるものだと感じ入る。此度(このたび)はよくても、次はどうなるか知れたものではない。だから無事だった町も炊き出しなどして、焼け出された者に手を差し伸べる。

トンテン、カンテンと、そこいら中から再興の木槌(きづち)の音が響いてくる。造りが簡素で焼けやすい裏店は、つまり建て直しやすい家でもある。その一方で金の工面がつかないのか、ほとんど焼けた表店が取り壊されもせずまだ残っていたりもして、立ち直る速さはまちまちだ。ご隠居は金銀よりも大福帳と言っていたが、火事により金が尽きて店を畳まざるを得ない者だって少なくはない。

十一月に三の酉まである年は、火事が多いと俗にいう。だが今年は二の酉までだ。話が違うではないかと、恨みに思う者もいよう。大勢の悲哀を飲み込んで、それでも江戸の街は何度でもよみがえる。

途中で古着屋に寄って、霊岸島にたどり着いた。煤(すす)けた光景に慣れた目には、新川沿いに建ち並ぶ白壁造りの酒蔵が眩(まぶ)しいほどだ。升川屋を訪(おとな)うと奉公人も慣れたもので、すぐに裏口から入れてくれた。

菱屋に負けず劣らず、広い屋敷だ。すっかり葉を落とした山法師(やまぼうし)の木の枝で、四十雀(しじゅうから)が鳴いている。もはや女中の案内もなく、只次郎は中央の池を回り込んで離れへと向かった。

升川屋がお志乃の産屋として建ててやった、二間続きの離れである。縁側に人の気配を感じ、玄関ではなくそちらに足を向けた。風が刃のように冷たいにもかかわらず、お妙はそこに座って残りわずかとなった楓の葉を眺めていた。

「お妙さん」

声を掛けると、たしかにこちらに顔を向ける。だがその目は只次郎の姿を捉えているのかと危ぶむほど、虚ろだった。

また、首元が痩せた。毎日会いにきているのに、そう感じる。お志乃のものらしい更紗模様の木綿を纏ってはいるが、肩回りがなんとも心許ない。

「こんなところにいては、冷えますよ」

隣に座り、手を取った。磁器のように白く、冷たい手だ。いつからここに座っていたのだろうと、両手で包むように握り込む。

只次郎が触れてもお妙は狼狽えるでもなく、されるがままになっていた。話しかけても、ろくに返事もしない。まるで大きな人形のようだ。化粧っ気のない頬やほつれた鬢の毛が、悲しくなるほど美しい。

「ああ、林様。来やはったんですね」

声を聞きつけたか、縁側沿いの障子が開き、お志乃が顔を覗かせた。膝でこちらににじり寄り、お妙の肩に手を載せる。

「お妙はんも、そろそろ中に入らはったら？　風邪をひいてしまいますえ」

酉のまちに誘うにしても、まずは体を温めてからだ。只次郎も頷き、手を引いて中へと促した。

「火が――」

只次郎とお志乃に両脇を固められるようにして立ち上がり、お妙が楓の木を振り返る。真っ赤に色づいた数枚の葉が、炎のように見えたのだろう。

「大丈夫ですよ。もうすっかり消し止められましたからね」

噛んで含めるように言い、痩せた背中を撫でてやる。お妙はまるで童女のように、こっくりと頷いた。

思えば火から逃げるとき、お妙はすでにおかしかった。

すぐに逃げなければ危ないというのにぼんやりしたり、只次郎の手を振り払って店に留まろうとしたり、日ごろの聡明さとは相容れない、理屈に合わぬことばかりしていた。

亡き夫との思い出が詰まった居酒屋が焼けようとしていたのだから、冷静でいられないのはよく分かる。加えてお妙は幼いころに火事でふた親を亡くしており、心の古傷が疼いたのだろうと想像もできる。

それにしても、お妙は正気を欠いていた。手を離すとなにをするか分からず恐ろしく、力任せに摑んでしまったため、林家に着いたころには細い手首にしっかりと指の跡がついていた。

迎えに出た下男や身の回りの世話をした只次郎の母親に対し、お妙は「すみません、すみません」としきりに謝っていた。父親は今や隠居所となった離れに籠ったまま顔も見せなかったが、母親は体の調子の優れぬときにお妙の鴨料理に助けられたことをよく覚えており、部屋を用意して手厚くもてなしてくれた。

お妙が虚ろになったのは、その翌朝からだった。いつまでも起きてこないので母親が様子を窺いに行くと、寝間着のまま寝床に半身を起こし、虚空を見つめていたという。

名前を呼べば、振り返りはする。だが相手が誰だか分かっていないような、不思議そうな顔をした。

「よっぽど火事が怖かったんでしょう」と母親は同情し、「ゆっくり休めばよくなりますよ」と兄嫁のお葉も優しかった。六つになった甥の乙松が勝手に部屋を覗いたときだけ、お妙の頬に笑みが戻った。

それでも昼近くになって只次郎が火事の跡を見に行こうと身支度をしていると、共に行きたそうな顔をした。『ぜんや』がどうなったのか、気になるのだろう。そう思って、連れて行くことにした。

焼け跡は、まだ熱を持っていて暖かかった。『ぜんや』だったと思しき場所には焼け焦げた柱が三本、天に向かって突き出しているのみで、あとは燃え崩れた炭に覆われていた。

その有り様を前にしても、お妙はなにも言わなかった。ただ呆然と立ち尽くし、放っておけばいつまでもそこに佇んでいそうだった。事実、半刻（一時間）ほどは焼け跡を眺めていた。

できれば気が済むまでそっとしておいてやりたかったが、なにしろ冷えるし、風で舞い上がった灰が目や喉に痛い。お妙は声をかけてもぴくりとも動かず、そろそろ無理矢理にでも引きずって林家に帰そうと思いはじめていたとき、「お妙はん！」と神田川の向こうから声がかかった。

お妙の消息を心配して、探し回っていたお志乃だった。女中のおつなと升川屋の手代を従えて、裾の乱れも気にせず駆け寄ってきた。

「よかった。お寺なんかを見て回っても、ちぃともいてはりゃへんから、心配しましたえ。怪我はありゃしまへんか。ああ、ほんによかった！」

人目も憚らずお妙に抱きつき、涙ぐむ。それでもお妙はぼんやりとしたままで、抱き返そうともしなかった。

「お妙はん？」

訝しむお志乃に「実は朝からこの調子で」と伝えると、「まぁ」と息を飲み、お妙の両手を握り込んだ。

「可哀想に、惚けるほどお辛いんやね。ああ、こんなに冷えてしもうて。すぐうちに来とくれやす。升川屋の離れなら、どれだけいてもろうても構いまへんから」

お志乃ははじめからそのつもりで、お妙を探していたらしい。

その申し出は、願ったりだった。只次郎ですら居心地の悪い林家で、武家の妻女に面倒をかけるよりも、お志乃といたほうが気安かろう。返事をせぬお妙の代わりに、「そうしていただけると助かります」と頷いた。

お志乃に手を引かれてもお妙が歩きだそうとしないので、駕籠を呼んで押し込むようにして乗せた。升川屋の離れでゆっくり休めば、お妙も少しずつ己を取り戻してゆくだろうと思っていた。

あの日から、十日を超える日が過ぎた。お妙はまだ、霞の中にいるようである。

お妙を導いて入った部屋には炬燵が出ており、火鉢にも火が入っていて、ほっと体の芯が緩んだ。扱い難く、ときに大きく牙を剝くが、それでも火の気があるのはありがたい。恩恵は数多あれど、火とは人が飼い慣らしきれない自然の一部なのだろう。

「さ、お妙はん。炬燵に当たっとくれやす。両手も布団の中に入れてしまいまひょなぁ」

お志乃が炬燵布団の端を持ち上げると、お妙は素直に膝先を差し入れた。只次郎は手荷物の風呂敷包みを解き、買ったばかりの褞袍をその肩に掛けてやる。男物の褞袍を羽織ると、お妙の首はますます儚げに見えた。

「あの、これ。途中で大福を買ってきました」

そう言って、竹の皮の包みを差し出す。お志乃が礼を言い、部屋の隅に控えていたおつなが「では、お茶を淹れましょう」と立ち上がった。

火鉢に五徳を置き、水を入れた鉄瓶をかける。立ち働くおつなを横目に見つつ、只次郎は縁側に近い床に腰を落ち着けた。女人が使っている炬燵に足を突っ込むのは、さすがに憚られたからである。

それに四角い炬燵のうち一辺では、お志乃の息子の千寿が眠りこけていた。炬燵布団から顔を出し、心地よさそうに寝息を立てている。

四月に『ぜんや』で会ったときよりも、さらに大きくなったようだ。顔つきもしっかりとして、お志乃によく似ているが所々に升川屋らしさも窺えた。桃のような頰をして、小さな唇を薄く開けている。

そんな千寿の寝顔を見て、お妙が薄く微笑んだ。乙松のときもそうだったが、子供を見ると表情ができる。だからお志乃は千寿をしょっちゅう離れに連れてきているそうだ。

しばらくすると鉄瓶からしゅんしゅんと湯気が吹きだし、茶が入った。おつなが折敷に懐紙を敷いて大福を載せ、茶を添えて銘々に配る。千寿は起きる気配がないので、後回しである。

「ほらお妙はん、大福をいただきまひょ。ああ、これはできたてですなぁ。柔らこうて、よう伸びますわ」

お志乃が大福を二つに割って、餅のなめらかさをお妙に示す。只次郎もまた、お持たせを手に取りかぶりついた。

「うん、旨い」

自分で買ってきておいて、つい声が出る。餅は柔らかいながらもしっかりと糯米(もちごめ)の味がして、ほのかに塩の利いた餡(あん)も旨い。たっぷりとした大きさがあり、一つで充分腹が膨れるのも嬉(うれ)しいところだ。

ところがお妙は大福に目を落としたまま、手に取ってみようともしない。

「食べはらへんのどすか？　美味(おい)しおすえ」

お志乃に勧められても、食い気が湧(わ)かないのか黙ったままだ。

「ようさん食べて元気になって、また美味しい料理を作っておくれやす」

升川屋の離れに来てから、お妙はろくに食べていないそうだ。滋養のあるものを用意しても、ふた口、三口でやめてしまう。甘いものなら興味を引くだろうかと毎日届けてはいるが、食べたそうな素振りも見せない。

それだけに、お志乃は焦っている。日々細ってゆくお妙の姿に胸を痛めている。

「せめてひと口だけでも。ね、口を開けてくださいな」

だが懐紙ごと大福を摑み、口元に突きつけるのはやりすぎだ。

「お志乃さん、無理強いは」

子供ではないのである。やりすぎと諫(いさ)めると、お志乃は悲しそうにうつむいた。

無理にでも、食べてもらいたいという気持ちは分かる。升川屋に嫁いだばかりのころ、江戸の味が合わずに痩せゆくばかりだったお志乃は、お妙の料理に救われている。

お志乃ばかりではない。『ぜんや』と縁のある者は皆、辛いとき、悲しいとき、不安なとき、風邪のとき、暑さ寒さの厳しいとき、お妙の心づくしに助けられてきた。

その恩を今こそ返したいと思っているのに、お妙のようにうまくはできない。弱りきったお妙の心が、なにを求めているのか摑めない。

あらためて、お妙はなんと難しいことをしていたのだろうと感じ入る。食は命の源であり、喜びであり、生き甲斐だ。その妙味をあまねく引き出せるだけの力を、自分たちは持ち合わせていなかった。

ゆえに只次郎は、安易な方法に頼ろうとする。

「外に出て、気分を変えてみるといいかもしれませんよ。ねぇ、お妙さん。これから酉のまちに行きましょう」

楽しげな市の賑わいに触発されて、お妙の気持ちも浮かび上がってくるかもしれない。そうでなくとも浅草まで歩いて帰ってくれば、あたりまえに腹が減る。升川屋の離れに閉じ籠っているよりは、よっぽどましと思われる。

「ええですねぇ。ちょうどうちの旦さんも行ってますわ。お妙はんの頭よりもずっと大きい熊手を買ってきますすんえ」

福を掻き込むという謂われで酉のまちで商われる熊手は、商売の大きさに合わせて買い替えてゆくものだ。菱屋の熊手も巨大だったが、升川屋も負けてはいないだろう。担いで帰る奉公人が気の毒なほどである。

「お志乃さんは、一緒に行かなくてよかったんですか？」

かつて升川屋の昔馴染みの遊女から、起請文が届けられたことがある。お志乃はそのとき一文も持たずに家を飛び出し、お妙を頼って『ぜんや』に駆け込み騒ぎとなった。

あのころのお志乃なら、吉原に近い酉のまちに良人を送り出して平気でいられるはずがない。「うちも連れてっとくれやす」と、認められるまで食い下がったことだろう。

だが子を産みいくつかの夫婦の危機を乗り越えてきたお志乃は、只次郎の言外の意を汲み取りにやりと笑った。

「平気どす。うちの息のかかった手代を供につけてありますよってに」

もはや実家から連れてきたおつな以外に味方のいなかった小娘ではない。お志乃は升川屋の奥として、着実に力をつけているのだ。升川屋喜兵衛にはすでに、手綱がつけられているらしい。

あまりにもおかしくて、只次郎は声を出して笑った。するとお妙が驚いたように振り返る。体が温まったのか、頬にうっすらと血の気が戻っている。

「どうです、行きませんか?」

今度は目を見て誘ってみた。だがお妙は虚ろな目を彷徨わせ、またもや下を向いてしまう。

駄目か。思わずため息をついていた。

「本当に、行きません?」

無駄と知りつつ、顔を近づけてみる。お妙は褞袍の衿を掻き合わせるようにして、身を縮めた。

怯えさせたいわけではない。只次郎は諦めて身を引いた。お妙はそれでも、褞袍の衿を握りしめている。

男物の鰹縞の褞袍が、ことのほか気に入ったらしい。痩せた肩に綿入れ一枚では寒々しいと、このまま羽織らせておくことにした。

「それじゃ、私が行ってお土産を買ってきますよ。熊手の簪なんか、いかがです?」

小さな熊手がついた簪は、女たちの間で人気が高い。身を飾るものもすべて焼けてしまったお妙には、逃げるときに身に着けていた櫛と笄以外に持ち合わせがなかった。

只次郎の気のせいだろうか。簪と聞いたお妙の頭が、わずかに前に傾(かし)ぎ、頷いたように見えた。

三

普段は農夫の姿しかないであろう浅草田圃(たんぼ)の畦道(あぜみち)に、長い蛇のような行列ができている。鷲神社に向かう者と、帰る者。男も女も、二本差しも町人も入り乱れ、皆存分に着膨れしていた。

昼を過ぎてから寒さは緩むどころか厳しさを増し、なにかの拍子に行列が止まると冷たい風が吹きつけてくる。積もりはしないだろうがちらほらと雪も舞いはじめ、頬に当たってじわりと溶けた。

「只さん」の装いならば身を縮めて「寒い、寒い」と足踏みくらいしてもいいが、只次郎は武士の拵えのままだ。あまり見苦しい行いはできず、腹の底に力を込めてひたすら寒さに耐え続ける。こんなに冷えるなら、お妙を連れてこなくてむしろよかったのかもしれない。

そんな身を切るほどの寒さの中でも、行き交う人々は楽しげだ。帰り道の男たちは多くが熊手を肩に担ぎ、女たちの髪では熊手の簪が揺れている。酉のまち名物の粟餅（あわもち）や頭（とう）の芋を提げている者もよく見かけた。

粟餅は黄色いので、別名「黄金餅（こがねもち）」とも呼ばれる縁起物。小判に似ていることから、金持ちになれるという謂われがある。

頭の芋は里芋の一種で親芋と子芋がくっついて育つことから、子宝に恵まれるとしてこれもまた縁起物。蒸してから笹（ささ）枝に通し、持ち運びやすいよう輪にして売られている。

「勝った、勝った」

「ああ、負けた、負けた！」

じりじりと行列が進み、境内（けいだい）に近づいてゆくと、熊手の買い手と売り手の声が聞こえてくる。買い手側が値切りに値切って、値段が決まったところらしい。周りにいた見物人まで巻き込んで、シャンシャンシャンと威勢よく手締めが打たれた。

だが値切った末の銭だけを置いてゆくのは野暮というもの。けっきょくはご祝儀として、売り手の言い値の額を支払うのが粋（いき）とされる。買い手は御大尽気分を味わえて、売り手は少しも損をしない。「勝った」「負けた」と言いながら、どちらもにこにこと笑っている。祭りの日は、誰もが幸せであることが望ましい。

ようやく境内に踏み込んで、只次郎は所狭しと並ぶ熊手の屋台を冷やかして回る。どの店も人気役者の売約済の名札がついた巨大な熊手を掲げており、去年よりも景気がよさそうだ。七月に取り締まりの厳しかった松平越中守が失脚したのと、関わりがあるのかもしれない。そこここで鳴り響く手締めの音も、心なしか多い気がする。商売繁盛でなによりだ。只次郎も己のために、手のひらほどの大きさの熊手を買った。

はじめて手にする熊手である。菱屋や升川屋に比べればささやかなものだが、これからいくらでも大きくなれる余地がある。

来年は堂々と、ひと回り大きな熊手を買えますように。手締めを打ちながら、只次郎は鶯商いの繁盛を祈った。

小さな熊手を右の帯に差し、人の頭越しにどうにかお詣りを済ませる。土産の簪も手に入れて、そろそろ帰ろうと身を翻した正面に、頭の芋の屋台があった。

ごつごつとした芋を連ねた、子宝の縁起物。

ふいに頭の片隅に、おえんの顔がちらついた。

もはや九月となった大きな腹を抱えたおえんは、お救い小屋で大勢と寝起きするよりはと、亭主と共に深川（ふかがわ）の姑（しゅうとめ）の家に身を寄せていた。

火事の前は毎日顔を合わせていた相手でもあり、あれから十日余りとは思えぬほど、ずいぶん長く会っていない心地がする。少しばかり遠回りになるが寄って行くことにして、只次郎は頭の芋を提げて大川を渡った。

町の名は、海辺大工町（うみべだいくまち）と聞いたはずだ。人に尋ね、裏木戸の上に貼（は）られた名札を見るなどして、半刻（一時間）ほどでたどり着いた。

「おえんさん、いらっしゃいますか」

目当ての家の前に立ち、控えめに障子戸を叩いて呼ばわる。

「はぁい」と、たしかに中で聞き覚えのある声がした。

よかった、留守ではなかった。

胸を撫で下ろしたのもつかの間、待てど暮らせど障子戸が開かない。もしやさっきの返事は空耳か。不安に思いはじめたころに、ようやく引き戸がガタガタと揺れ、おえんが顔を覗かせた。

「待たせてごめんねぇ、お侍さん。このところ、腰だの膝だのが痛くってさぁ」

しばらく見ないうちに、おえんの腹ははち切れんばかりになっていた。左手を腹に添えて、体を揺するようにのたりのたりと歩いている。これでは立ち上がるのさえひと苦労だろう。

「すみません、そうとは知らずに呼び立ててしまいまして」

「なぁに、いいってことさ。子が生まれるのは今月の終わりか、来月なんだって。これからもっと大きくなるんだから、ゴロゴロしてばかりもいられないよ」

今よりもさらに大きくなるのか。姪と甥の誕生を間近に見てきたが、兄嫁のお葉の腹はこれほどではなかった覚えがある。おえんの赤ん坊は、体が大きいのかもしれない。

ニャーンと鳴く声がして、足元を猫のシロがすり抜けて行った。この寒空の下、散歩に出るというのだろうか。こちらも無事だったようだ。

「お元気そうな顔が見られて、安心しました」

「うん、わざわざ訪ねてきてくれてありがとうね。お妙ちゃんも元気？　今はお志乃さんのところにいるんだろ」

馴染みの旦那衆の無事をたしかめるため日本橋を駆け回っていたときに、ちょうどおえんの亭主に行き合ったことがある。互いの消息は、そのときに伝え合っていた。

「ええ、元気ですよ」

今のお妙の状態は元気とはほど遠いものといえ、産み月を間近に控えたおえんに余計な心配をかけたくはない。笑みを浮かべた只次郎の口から、するりと嘘が零れ出る。

「そう、よかった。早く花房町が元通りになってくれないかなぁ。お妙ちゃんの料理が恋しいよぅ」

私もです、と言いそうになってこらえる。菱屋の離れに移って以来、飯の世話までしてもらうのは申し訳なく、外に食べに出ている。だがお妙の料理に肥やされた舌は、生半可なものでは満足しない。味噌汁ひとつ取っても、『ぜんや』のはもっと出汁が利いていたなと、残念な気持ちになる。

ご隠居もまた、『ぜんや』がないと暇ですねぇ」と時折愚痴を零していた。毎日食べても疲れない上にしみじみと旨いお妙の料理は、只次郎たちの暮らしになくてはならぬものになっている。

だが神田花房町が再建されても、お妙は『ぜんや』を続けられるのだろうか。金の工面は旦那衆がいくらでも手を貸すだろうから、心配はない。問題は、お妙自身にある。

「お侍さん？」

うっかり物思いに沈んでしまった。おえんに顔を覗き込まれ、只次郎は笑いながら首の後ろを掻いた。

「ああ、すみません。『ぜんや』の料理を思い出していたら、急に腹が減ってしまって」

「嫌だねぇ、相変わらず食いしん坊なんだから。でもアタシも小腹が空(す)いちまったねぇ」

「そうだ、よろしかったらこれ」

深川まで足を延ばしたわけを思い出し、手にしていた頭の芋を差し出す。これだけ腹が大きくては胃の腑(ふ)も押されて苦しかろうに、おえんは「いいの？」と顔を輝かせた。

「ええ。丈夫な子を産んでください」

「できれば花房町で産みたいんだけど、さすがに間に合わないだろうねぇ。ここで産むとなると、姑がさぁ」

「やはり、気詰まりですか？」

亭主が仕事に出ているのは分かっていたが、姑もまた外に出掛けているという。子がなかなかできなくて悩んでいるときに、散々に厭味(いやみ)を言われたとおえんが零していた姑だ。

「いやそれが、子ができたとたん手の裏を返したように優しくなっちまってさぁ。気持ち悪いったらありゃしない」

おえんはそう言って、苦々しげに顔をしかめる。孫が大事の下心が透けて見えるから、これまでの仕打ちと相まって白けた気持ちになるのだろう。

「辛く当たられるよりはいいじゃないですか」

「そりゃまぁ、そうなんだけどさぁ」

冷たい風が吹き抜けて、おえんが首を縮める。女一人の家に上がり込むわけにもいかないから、戸口での立ち話になっていた。あまり長引いては、体に障る。

「では、私はこれで。また改めて伺います」

このへんで退散しようと、暇を告げる。だが、「あ、ちょっと待って」と止められた。

おえんは「うんとこさ」と声を上げていったん台所に引っ込み、それから蜜柑を三つ手に持って戻ってきた。

「これ、少ないけど持ってって」

頭の芋の礼だろうか。蜜柑は小振りで、只次郎の手なら片手に収まる。

「ありがとうございます」

「花房町に戻ったらさ、子守り手伝ってね」

「ええ、もちろんです」

武士に頼むようなことではないが、その気安さが嬉しい。おえんの子に見える日が、俄然楽しみになってきた。できることならそのころには、『ぜんや』も再興しているといいのだが。

「そういや亭主に聞いたんだけどさ、お銀さんもこのへんにいるらしいよ」

「えっ、そうなんですか」

「浄心寺の裏の、山本町だったかな。ちょうど息子夫婦が引っ越してきたばかりで、そこに身を寄せてんだって」

「ああ、本当に近いですね」

浄心寺は日蓮上人を祀った江戸十祖師随一の名刹である。只次郎は深川の絵図をぼんやりと頭に思い浮かべて頷いた。

「分かりました。そちらにも寄ってみます」

「うん、よろしく言っといて」

お銀は癖の強い老婆ではあるが、裏店の面々はもはや家族も同然だ。せめて顔だけでも見ておきたいと、只次郎は大島川（大横川）をさらに南へと下って行った。

四

潮くさい風が吹き通る大島川を下ってゆけば、ほどなくして西から流れてくる運河とぶつかる。只次郎の頭の中の絵図によると、ここを右へ折れれば浄心寺のあたりに出るはずだ。

だが、深川にはあまり明るくない。念のため人に聞いたほうがよかろうと立ち止まり、周りを見回して只次郎は、口を「あ」の形に開けて固まった。

只次郎が今来た道を、供を連れて歩いてくるでっぷりと肥えた男がいる。まだ幾分離れてはいるが、顔が分からぬ距離ではない。あちらでも只次郎に気づいたらしく、同じく口を「あ」の形に開けた。

そういえばこのへんは木場が近い。なんの因果で出くわすのか、相手は材木問屋の近江屋(おうみや)だった。

背後には長身の、草間重蔵(くさまじゅうぞう)も控えている。手代と思しき男が遠目にも目立つ熊手を担いでおり、やはり酉のまちの帰りらしい。近江屋はいったん足を緩めはしたが、もはや気づかぬふりはできぬと思い直したか、真(ま)っ直(す)ぐに近づいてきた。

「いやぁ奇遇ですね、林様。こんなところで、いったいなにを？」

　さすがはお妙の良人を殺めておきながら、素知らぬふりで『ぜんや』に通っていたほどの厚顔な男である。折り目どおりに皺のついた笑顔を浮かべながら、白々しい世辞を口にする。

「べつに。花房町の住人がこのあたりに寄寓しているので、見舞いに寄っただけです」

「ああ、そうでした。あのあたり、丸ごと焼けてしまいましたもんねぇ。お気の毒様です。ま、我々材木問屋はそのぶん懐が潤ってしょうがないんですけどね」

　当然のことながら、火事の後は町の再建のため多くの材木が求められる。それをいいことに近江屋のようなあくどい商人は、日ごろの倍ほども値を吊り上げてくる。本当に儲かっているらしく、以前より肌の色艶がいい。手代が担いでいる熊手も、菱屋のものより大きいくらいだ。

「お妙さんの料理もねぇ、食べられなくなってしまって。毎月の楽しみだったのに、残念でなりませんよ」

　本当は意趣返しに毒でも混ぜられているかもしれぬお妙の料理を、食べるのが苦痛でならなかったくせに。肌の色艶がやけにいいのは、その責め苦から逃れたことにも関わりがありそうだ。自分に利さえあれば他人の不幸を手放しで喜べる、性根の腐った男である。

まったく、腹が煮えてしょうがない。ならばこちらも、面の皮を厚くするまでだ。

「そうですか。ならば近江屋さんがひどく残念がっていたと、お妙さんに伝えておきますよ。きっと『ぜんや』が再建したらすぐに、招待してくださることでしょう」

お妙を守るためならば、いくらでも役者になってやる。こちらの弱みを見せぬよう、只次郎はにっこりと微笑んだ。

「ええ、ぜひに」

近江屋も、負けじと笑みを崩さない。だが風に紛れそうな小さな舌打ちの音を、只次郎は聞き逃さなかった。

「では、私はこれで。さ、行きますよ！」

もはやつき合いきれぬと思ったか、近江屋は供の手代を急かして慌ただしく只次郎を追い越してゆく。「すぐに追いつく」と断って、重蔵だけがその場に残った。

「懲りませんね、近江屋さんは」

重蔵ならば気安い相手だ。ほっと肩の力を抜き、只次郎はやれやれと首を振る。

「ああ。お陰で張りつき甲斐がある」

近江屋が二度とお妙に害を及ぼさぬよう、用心棒に戻って目を光らせている重蔵である。裏店を去った後も、事あるごとに近状を知らせ合っていた。

「風邪ですか？」

そんな重蔵の声が、少しばかり掠れている。火事の多い季節は、すなわち風邪の季節でもある。

「喉が苦辛いだけだ、大事ない。それよりお妙さんの様子は？」

己の体の具合よりも、気になるのはお妙の調子らしい。近江屋を先に行かせて居残ったのは、それを聞きたかったからだろう。

火事の日の翌朝以来、お妙が虚ろな日々を過ごしていることはすでに伝えてあった。只次郎は目を伏せて、ゆっくりと首を横に振る。

「そうか」

重蔵は短く答えると、凜々しく整った眉を寄せた。

「心配なら、草間殿も見舞いに行かれてはどうですか。お妙さんも、人と会って刺激を受けたほうがいいかもしれませんし」

「いいや。お妙さんのことは、そこもとに任せたと言ったであろう」

知らなかったこととはいえ、重蔵はお妙の良人の亡骸を捨てた過去を重く受け止めている。だからこそ惚れた女の元を去り、裏方仕事に徹しているのだ。

その志は立派だが、お妙を任せる相手ははたして自分でよかったのだろうか。只次郎には自信がない。つい弱音を吐いてしまう。

「ですが私にも、どうすればいいのやら」

「どうにかしろ」

容赦のないひと言が返ってきた。だが突き放すのではなく、背中を叩いて押し出すような響きがあった。

「そこもとに分からぬなら、拙者にはもっと分からん。考えるのは得意であろう？」

「ええ、それはまぁ」

「お妙さんのことは、任せた」

もう一度そう言って、重蔵は先に行った近江屋を追いかけようと歩を踏み出した。

「あの！」

考えるより先に、呼び止めていた。本当は不安だったのだ。もしもお妙があのまま元に戻らなかったら、この先どうやって支えてやればいいのか分からない。夫婦でもない只次郎に、できることは限られている。

それでも振り返った重蔵の目は、只次郎を信用して落ち着いていた。よもやこれ以上の泣き言を、聞かされるとは思っていない目だ。只次郎は、喉元まで出かかっていた言葉を飲み込んだ。

国元でも江戸でも苦労続きだったのに、重蔵はまだ人を信じる強さを失ってはいない。これほどの男にお妙を託されたのだ。どうなるか分からない未来のことを、不安がっている場合ではなかった。

「なんだ？」

重蔵に問われて、とっさに手にした蜜柑を差し出していた。

「よろしければ、これを。さっきおえんさんにいただいたんですが、喉にいいと思います」

蜜柑は火鉢で炙って食べれば、体を冷やさず風邪にもいい。

「かたじけない」と、重蔵は素直に蜜柑を受け取った。

「大事ない」と言いつつも、実は喉が辛かったのだろう。

「では代わりと言ってはなんだが、これを」

そう言って、帯に引っ掛けていた小さな風呂敷包みを外す。中身は酉のまちで商われていた黄金餅。いくつかを重ね、紐で束ねられている。

「いいんですか？」

「持っていろと言われて、腰に下げていただけだ。人にやるなとは言われておらぬ」

餅とはいえ、近江屋から黄金を掠め取るのもまた一興だ。

「では、ありがたく」と、只次郎は紐をつまんで黄金餅を手に提げた。

「しからば」

「ええ。ここでお目にかかれてよかったです」

重蔵のお陰で覚悟が固まった。お妙にとっては迷惑な話かもしれないが、このまま正気に戻らないなら只次郎が生涯面倒を見たっていい。少しも痒いところがないくらい、丁寧に世話をしてみせる。

只次郎の目つきが変わったのを見て、重蔵も安心したようだ。最後に浄心寺の場所を聞き、二人は別の方角に向かって歩きだした。

浄心寺はやはり只次郎の頭の絵図どおりの場所にあった。

その東隣に接する町人地が山本町である。お銀の息子の名が分からないからそこでまた人に聞き、どうにかお銀らしき老婆が住む裏店を見つけだした。

夕七つ（午後四時）の捨て鐘が鳴っている。あちらこちらと尋ね歩き、ずいぶん時間が経ったものだ。早くお妙に簪を持って帰ってやらねばと思いつつ、只次郎は障子戸を叩いた。

「ごめんください」

呼び掛けても、中からはなんの物音もしない。留守だろうか。念のためもう一度戸を叩く。

「ごめんくだ――。わぁっ！」

只次郎は驚きの声を上げ、飛び退る。なにもしていないのに、障子戸がひとりでに開いたのだ。慌てて視線を落とすと、腰の高さに猿のような皺んだ顔が浮いていた。

「ああ、びっくりした。お銀さん」

室内の薄暗さに目が慣れてくれば、お銀が鈍色の綿入れを着ているのが分かる。ひどく背が小さい上に、目立たぬ色の着物を身に着けていたため、戸が勝手に開いたように見えたのだ。

「なんだ、アンタかい」

お銀が見た目には似ない、娘のような声で応じる。家の中には他に人の気配がなく、どうやら留守番をしていたらしい。

「こんなところまで、どうしなさった」

「ご挨拶ですねぇ。このへんにいると聞いたから、顔を見にきたんですよ」

「ほほう、それはまた物好きな」

自分でも、そう思う。なぜお銀のような可愛げのない老婆を、わざわざ訪ねてしまったのかと。だが、心配だったのだからしょうがない。

「お元気そうで、なによりですよ。ご子息がこちらに引っ越していたのも、運がよかったですね」

お銀の息子夫婦も、花房町の近所に住んでいると聞いていた。引っ越しをしていなければ、親子もろとも焼け出されていたわけである。

「そうだね。そろそろなにかあるかもと思ったからね」

おそらくただの偶然だろうに、お銀は堂々とほらを吹く。人相見を名乗るこの老婆は、いつだって意味ありげなことを言いたがる。

そもそもあの火事の先触れのようなものに気づいたなら、自分も居を移していないとおかしいのだ。それにできることならば、隣近所にも注意を与えてほしい。お銀には、そんな素振りは微塵もなかった。

やくたいもない老婆の妄言を、あげつらっても意味がない。只次郎は「さすがですね」と受け流す。

「なにか困っていることはありませんか？」

「いや、べつに。アタシには、アンタのほうがよっぽど困ってるように見えるよ」

しかしお銀は、たまにどきりとするようなことを言う。左目を閉じて、見えぬはずの白く濁った右目だけで只次郎を見上げている。もしやその右目には、常ならぬものが映っているのではないかと思わされるときがある。

「私ですか？」

心の内を、あまり覗かれたくはない。只次郎は首を傾げ、空惚ける。

お銀がフンと、鼻から息を吐き出した。

「まぁいいさ。ところでそれは、手土産じゃないのかい？」

真っ直ぐに、只次郎が手に提げている黄金餅を指してくる。食い意地が張っていて、意地汚いのも相変わらずだ。

「違いますが、いいですよ。差し上げます」

重蔵にもらったものだが、どうせ元は近江屋の黄金餅だ。勝手にお銀にやったところで、なんとも思わないだろう。

「そう、悪いね。ちょいとお待ち」

お銀はちっとも悪びれない口調でそう言って、さっと中に引っ込んだ。しばらく待っているとまた、障子戸の隙間に皺んだ顔が浮き上がってくる。現れかたが、いちいち心の臓に悪い。

「代わりにこれを持って行くといい」

小さな手が差し出される。握られていたのは二つの卵だ。今にも落っことしそうで、只次郎は慌てて両手で受け取った。

「えっ、いいんですか」

黄金餅よりも、卵一つのほうがよっぽど高い。それが二つもあるのだから、かえって申し訳ない気がする。

「いいよ。客にもらったんだけども、アタシは料理をしないから。手焙(てあぶ)りで焼いて食べられる餅のほうがありがたい」

客というのは、人相見の客だろう。意外にも、お銀はその筋では人気があるらしい。

「それにお妙さんには、餅菓子よりこっちのほうがよかろうよ」

「えっ？」

「滋養があるからね。工夫して美味しく食べさせておやり」

まるでお妙の今の調子を知っているかのように、お銀は口をすぼめて笑った。誰かに話を聞いたのか、それともただの当てずっぽうか。

こういう謎(なぞ)めいたところが、人相見のお銀の人気に一役買っているのだろう。そう思いながら、只次郎は曖昧に頷いた。

五

ゆっくりと茜色が滲みゆく西の空を眺めつつ、只次郎は永代橋を渡り、再び升川屋の敷居をまたいだ。

そろそろ夕餉時とあって、母屋の気配が慌ただしい。只次郎は離れに顔を出す前に、勝手口を開けて母屋の台所を覗いてみた。

「わ、すごい」

思わず声が洩れていた。数多の奉公人を抱える大店の台所はこんなに広いものなのかと、圧倒された。六つも並ぶ竈にはすべて鍋釜の類がかけられて、いい香りのする湯気を吹き出している。前掛け姿の台所女中はいったい何人いるのか。所狭しと立ち働いているので、少しも人数を摑めない。

そんな中、台所の土間から一段高い板の間に立ち、おつながなにやら指示を飛ばしていた。只次郎が手を振ると、目聡く気づき、草履を履いて近づいてくる。

「どうしやはったんですか、こんなところで」

まったく、この忙しい刻限に。

言葉にはしない苛立ちが、眉間のあたりに滲んでいる。只次郎は、素直に「すみません」と謝った。

「実は、生卵をいただいてしまいまして」

潰れぬよう手に握ったまま持ってきた、茶色がかった卵をおつなに見せる。これが手に入った経緯を話すと、「わらしべ長者やあるまいし」と笑われた。

頭の芋が蜜柑に、蜜柑が黄金餅に、黄金餅が生卵に。残念ながら長者にはなれなかったが、手にしたものを取り換えてゆくところは似ている。

「それでせっかくですからこの卵で、お妙さんに夕餉を作ってあげたいんですが」

「えっ、林様が作りゃはるんですか？」

「ええ、そのつもりです」

只次郎の意外な申し出に、おつなが目を丸くする。まさかそんな用事で台所に顔を出したとは、微塵も思っていなかっただろう。

これでも深川山本町からの帰り道、只次郎なりに考えたのだ。美味しい料理で人を癒してきたお妙には遠く及ばないだろうが、言葉では届きそうもない想いを、手作りの料理に載せることはできまいかと。

人は皆、自分の食べたものでできている。ならば只次郎の想いはいずれお妙の血の一滴となって、あの細い体を内側から温めてくれるかもしれない。そしてほんのわずかでも、生きる気力となればいい。

「せやけど、お料理をなさったことは？」

「恥ずかしながら、ありません」

問題は、想いはあれど技術が伴わないところだ。きっぱりと言いきった只次郎に、おつなが呆れた目を向ける。

浪人暮らしの長い重蔵ならともかく、拝領屋敷でぬくぬく育ち、実家を出てからも三食お妙の作る飯に甘えてきたのだ。包丁など、ろくに握ったこともない。

「ですから台所の片隅と、お手隙の女中を一人貸していただけないかと思いまして」

独力では、まともなものが作れる気がしない。だから隣で口を出してくれる、台所女中が必要だった。

でもまさか、夕餉時を控えた台所方がこれほど殺気立っているなんて。女ばかりが集まっているのにお喋りをする余裕もなく、ひたすら手を動かし、あるいは走り回っている。この有り様を見てしまったら、女中を貸してほしいなどと気軽には言えない。

「もちろん、もう少し後でいいので」と、すっかり気後れしてしまった。

「分かりました、そういうことやったら」

ところがおつなは首をついと伸ばしたかと思うと、「おくめ、おくめ！」と竈の前で仕事をしている女中たちに向かって声を張り上げた。

そのうちの一人、大鍋を掻き回していた若い娘が顔を上げる。おつなに手招きをされて、同輩に後を託して近づいてきた。

頬にそばかすの散った、素朴な愛らしさがある娘だ。わけも分からず只次郎の前に引き出され、もじもじしながら頭を下げた。

「この子はおくめ言います。お妙はんがここで料理をしやはったときに、多少は上方の味つけを仕込まれてます。どうぞ使ってやってください」

「はぁ」

「それから台所は、離れに簡単な煮炊きができる程度のものがあります。下男にゆうてすぐ竈に火を入れさせますよって、お待ちください」

只次郎が呆気に取られているうちに、下男を呼びつけ、てきぱきと段取りを整える。升川屋という大店の奥向きで、力をつけてきたのはなにもお志乃だけではないようだ。

「あの、本当にいいんですか。皆さん見るからに忙しそうなのに」

「構やしまへん。お妙はんのためなら力添えを惜しまんようにと、ご新造様と大奥様からも仰せつかっておりますから」

升川屋の女たちの、お妙に対する信用は計り知れない。むしろ只次郎のほうが気圧(けお)されて、「ありがとうございます」と礼を言いつつ肩を縮めた。

食材でも道具でも、味噌醤油(しょうゆ)の類でも、台所にあるものはなんだって使ってくださいと言い置いて、おつなは奥へと引っ込んだ。

後に残されたおくめがおずおずと、「よろしくお願いします」と言ってくる。まだ事態が飲み込めていないようなので、只次郎はもう一度これまでの経緯を話して聞かせた。

「そうだったんですね。お妙さんのためなら、あたしもできるかぎりのことはします！」

驚いたことに、お妙は歳若(としわか)い台所女中にまで心酔されていた。千寿の初節句の料理を作りにきたときに、手伝いをしたのがこのおくめらしい。

お妙の料理の手際がどれほどよかったか、食べる人のことを慮(おもんぱか)っていたか、その気配りの細やかさ、それから本草学にも繋(つな)がる知識の深さ。放(ほう)っておくと彼女の美点について際限なく喋り続けそうだったので、半ばで止めてやらねばならなかった。

「ああ、すみません、私ったら」

おくめは顔を真っ赤にして、両手で頬を押さえる。聞けばお志乃のことも好きだというから、たんに美しい女に弱いのかもしれない。

「とにかく、卵料理を作るんですよね。なににしましょう?」

気を取り直して、料理の話だ。おくめに聞かれ、只次郎は「そうですねぇ」と顎をさする。

「お妙さんが作ってくれた卵料理の中で、よく覚えているものといえば。たとえば卵ふわふわ、茶碗蒸し、粕漬け卵――」

料理の名前を指折り挙げてゆくうちに、おくめの顔が曇ってゆく。台所に立つのがはじめての只次郎には無理ではないかと、言いたげなのが見て取れる。

「といったものはうまく作れる気がしませんから、卵粥にしようかと」

「ああ、それはいいですね!」

粥ならば米と水の分量さえ間違えなければ、そうそう失敗することはない。おくめは安心したように、両手をぱんと打ち鳴らした。

六

「失礼します」と声を掛け、離れの縁側に面した障子を開ける。お妙はまだ男物の褞袍を羽織り、炬燵布団に膝を突っ込んでいた。

只次郎が酉のまちに出かけてから、少しも動いていないように見える。だがお志乃に手を引かれ、庭の散策くらいはしたそうだ。願わくば、その運動で少しは腹を減らしていてほしい。

「お妙さん、夕餉をお持ちしましたよ」

さっきから離れの台所で作っていたから、においは漂っていたであろう。おくめにぴしぴしと注意される声までも、筒抜けだったかもしれない。

「この土鍋の大きさで三合も粥を炊いたら溢れます。半分で充分です」

「そんなに力任せにお米を研いだら、割れてしまいますよ」

「火が強すぎます。底が焦げます！」

「待ってください、こんなに早く卵を流し入れたら、固まりすぎてしまうじゃないですか」

粥くらいなら簡単だろうと高を括っていたというのに、最初から最後まで叱られ通しだったのである。

「ずいぶん賑やかでしたなぁ」と、その一部始終を聞いていたらしいお志乃が笑う。只次郎が作った粥を味見しようと、夕餉時の母屋へは戻らずに待っていたのである。

只次郎は、いったん縁側に置いた折敷を引き寄せる。米の甘みが滲み出るようじっくりと炊き、しばらく蒸らしておいた土鍋が載っている。後からきたおくめがお妙とお志乃の傍らに、脚つきの膳を置いて行った。

はたしてうまくできているだろうか。どきどきしつつ、布巾を使って土鍋の蓋を取り払う。ほわりと立ち昇る湯気で、目の前が白く染められた。

しばらくすると湯気が収まり、つやつやと光る粥の表面が見えた。おくめの注意を受けて蒸らす直前に流し入れた卵が、固まりすぎずにとろりと全体に行き渡っている。

「わぁ！」

お志乃の感嘆の声を聞き、見た目はうまくいったと胸を撫で下ろす。だが問題は、味である。

伊万里焼の飯茶碗に、只次郎が手ずから粥を盛る。それにもう一つ小鉢を添えて、脚つき膳に置いてやった。

「これは、なんですのん？」

お志乃が訝しげに、小鉢の中を覗き込む。琥珀色のとろみのある汁に、顔が映り込んでいる。

「鰹出汁の餡です。粥そのものには味がついていませんから、こちらで加減をしてください」

料理がはじめての只次郎には、お妙のように絶妙な味の加減はできない。また只次郎にとってはちょうどよくても、上方の出のお妙とお志乃には濃いかもしれない。ならばと、食べる側で味つけをしてもらうことにした。餡を多く入れれば辛めに、少なくすれば薄味を楽しめる。

薬味として添えたのは、生姜の擂り下ろしと山葵。こちらもお好みである。

「へぇ、こういう気遣いって、お妙はんみたいどすなぁ」

腕前はお妙に遠く及ばないが、食べる者の気持ちに寄り添ってみたつもりだ。

上方では、江戸よりも頻繁に粥を食すという。一日分の飯を朝に炊く江戸とは違い、上方では夜に炊くため、翌朝それを粥にするのだ。花房町に寝起きしている間も、お妙は時たま朝餉に粥を作ってくれた。

馴染み深い粥に惹かれ、お志乃がさっそく木の匙を取る。餡をすくって様子を見ながら粥にかけ、軽く吹き冷まして口に入れる。

「あら、美味しい」

驚いたように、目を見開いた。餡の醬油もまた上方風に、薄口醬油にしてあった。

「お世辞抜きでこれ、ほんまに美味しいどす。あっ、山葵をちょっと溶かしても、風味が爽やかになってええわ」

どうやらお志乃の口には合ったようだ。だが肝心のお妙はというと、粥を眺めたまままぴくりともしない。隣でお志乃が「美味しい」と食べていても、匙を手にしようともしないのである。

「お妙さん、私の料理では不満かもしれませんが、ひと口だけでも食べてみませんか？」

声を掛けて促しても、じっと粥を見ているだけだ。

やはり、駄目か。少しも食べてはくれないか。

心を込めて作ったものに、手をつけてもらえないというのは想像以上に胸にこたえる。お妙に食べさせるようにと、卵をくれたお銀にも申し訳ない。どのように料理すれば、食べてもらえたのだろう。

目立たぬように、ため息を落とす。なんのこれしき、お妙を支え続けると決めたばかりじゃないか。この程度のことで落ち込んでいる場合ではない。

気を取り直し、無理に笑おうとした矢先。お妙の手が、ふいに動いた。

右手で匙を摑み、左手で茶碗を持ち上げる。餡をかけずに、そのままひと口。

「お妙さん、餡を」

小鉢を勧めると、ようやく気づいたように餡をかけた。

お妙が粥を食べ進める。ふた口三口では終わらずに、どんどん茶碗の中身を減らしてゆく。

「美味しい――」

微かだが、声が聞こえた。虚ろだった目に、光が戻っている。いいや、涙だ。お妙の目から、大粒の涙が零れ落ちている。

「美味しい」

今度ははっきりと呟いた。茶碗は空になっており、注ぎ足してやるとまた食べはじめる。

「すべて、思い出しました」

食べながら、ただの呟き以上の分量を喋りだす。

「なにをです?」

「寒い朝はおとっさんが自分の褞袍を羽織らせてくれて、おかかさんが粥をよそってくれました」

幼い日の思い出だろうか。お妙の正気のほどが測れなくて、只次郎は当たり障りのない受け答えをする。

「そうですか。ちょうど今と同じですね」

「すべて、思い出したんです」

お妙はまだ、夢うつつなのかもしれない。すべてというのが、なにを指すのか分からない。

いや、それよりも、急に食べて大丈夫なのだろうか。お妙の匙は止まらずに、粥をもう一杯所望する。土鍋に残っていたぶんを、食べつくさんとする勢いだ。

涙もまた、壊れた樋(とい)から溢れ出すように流れ続ける。泣くというよりは体に溜(た)め込んでいた悪いものを、押し出さんとしているようだ。

「林様」

「はいっ」

唐突に名を呼ばれ、只次郎は驚いて姿勢を正す。

「お志乃さん」

「へぇっ」

お志乃もまた、同様だ。

お妙は空になった茶碗と匙を、膳に置いた。こちらに振り向けられた瞳には、知性の煌めきが戻っている。

「聞いてください。私の両親は、火事で死んだわけではありませんでした」

呆気に取られて見ているうちに、整った顔が歪んでゆく。耐えきれぬように、お妙は慟哭混じりに叫んだ。

「殺されてから、火をつけられたんです！」

お妙が子供のように、声を放って泣いている。

いつからこうしているのか、もはや分からない。

お志乃は気を利かせて席を外し、女中も行灯の火を入れにこないので、あたりはすでに真っ暗だった。

ただ腕の中のお妙の涙だけが、ひどく熱い。

このまま朝になるというのなら、それでもいい。只次郎は泣き続けるお妙を、ただひたすら抱きしめていた。

持つべきもの

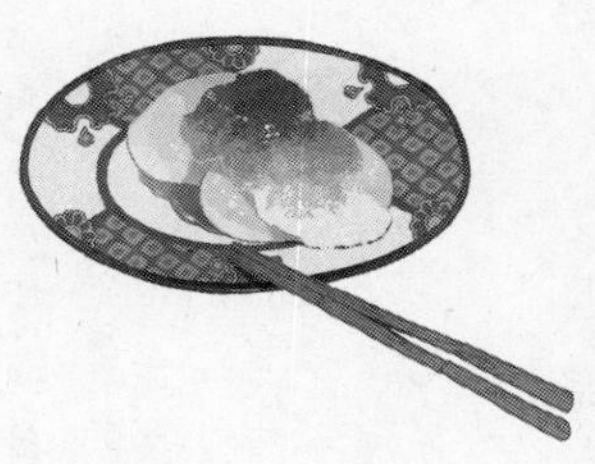

一

「うわぁ、お妙ちゃん。久しぶりだねぇ」

障子戸を開け来客が誰かを悟ったとたん、おえんが顔を輝かせた。お妙の手を取り、その場で軽く飛び跳ねる。腹はもう、以前のように大きく前に突き出してはいない。

「すみません、すっかりご無沙汰してしまって」

おえんの手は、相変わらず温かい。自分の手の冷たさを知り引っ込めようとするも、構わずぎゅうぎゅうと握ってくる。

「ううん、なに言ってんのさ。体の調子を崩しちまってたんだろ。もういいのかい？」

「ええ、ありがとうございます」

おえんだって、やつれてはいないが目の周りが黒ずんでいるし、鬢の毛もほつれている。きっとろくに眠れずに、疲れきっているのだろう。

「ああ、嬉しい。それでお侍さんは、今日は『只さん』なんだね」

お妙の背後に目を遣って、おえんがにんまりと笑う。新川から深川まで、お供をしてくれた林只次郎は綿入り袢纏を羽織った町人拵えである。お妙につき従って歩いても悪目立ちしないよう、わざわざ着替えてくれたのだ。

「おうよ、よろしくしてくんな」

只次郎がふざけて職人風の言葉で応じる。あまりのたどたどしさに、お妙とおえんは顔を見合わせて笑った。

「寒いところで立ち話もなんだから、上がっとくれ。散らかってて恥ずかしいんだけどさ」

四畳半ひと間しかない裏店は、入り口からすべてが見通せる。さっきまで休んでいたのか奥に布団が敷かれたままで、畳には襁褓や手拭いが引き散らかされている。

「洗濯物を取り込んだら、力尽きてそのまま寝ちまってさぁ」

陽気に笑いながらおえんは座敷に上がり、それらを膝に載せて畳みはじめる。お妙もまた、遠慮なく後に続いた。

布団と長火鉢が場所を取っているため、只次郎はそのまま上がり口に腰掛ける。火事から一緒に逃げてきた猫のシロが、火鉢にぴったりと身を寄せて眠っている。

「ま、顔を見てやってよ」

おえんに勧められ、お妙は布団に身を乗り出す。ねんねこ袢纏に包まれて、まだ目鼻立ちのあやふやな赤ん坊がすやすやと寝息を立てている。

「まぁ、可愛い」

どこもかしこも人形のように小さくて、頬はまるで羽二重餅。生まれてまだ間もないのに案外毛がしっかりと生えていて、将来は綺麗な黒髪になりそうだ。ぷっくりとした口元が、どことなくおえんに似ている。

見ているだけで心が蕩けそうだ。気持ちのよさそうな頬に触れたいが、よく寝ているので両手を握り込んで我慢する。

「名は『かや』にしたよ」

「おかやちゃん、素敵ですね」

漢字にすると茅だろうか。強くて丈夫でよく人の役に立つ、いい名前だと思った。

神田花房町で毎日顔を突き合わせていたおえんが、ようやく人の親になった。長らく子ができなくて悩んでいたのを知っているだけに、目頭がじわりと熱くなる。

「おえんさん、本当におめでとうございます。母子ともに元気そうでなによりです。なんだか、自分のことみたいに嬉しいですね」

「お妙ちゃん――」

涙ぐむお妙につられ、おえんの瞳も潤みだす。

「ありがとう。そう言ってくれると、あたしも救われるよ」

そしてついに、畳みかけの襁褓を顔に押し当て泣きだした。

「おえんさん、せめて、こちらを」

只次郎が慌てて、床から手拭いを拾い上げる。おえんはそれを引ったくり、盛大に鼻をかんだ。

その音におかやが驚き、黒々とした目を見開いた。一瞬の間を空けてから、顔のほとんどを口にして泣き叫ぶ。小さな体からは想像もつかないほどの大音声だ。おえんがすかさずお妙を押しのけ、我が子をねんねこ袢纏ごと抱き上げた。

「ああ、はいはい。ごめんね、びっくりしたね。ついさっき寝たところだったのにねえ」

あやしながら着物の前をはだけ、乳を含ませようとするも、おかやはそっぽを向いて泣いている。シロが飛び上がって土間に逃げ、只次郎が障子戸を細く開けてやると、その隙間(すきま)から外に出た。只次郎はおえんに配慮し、こちらを見ないようにしている。

「襁褓も濡(ぬ)れていないしねぇ。よしよし、いい子だ。寝やれや、寝やれ」

下手に手出しをすると、よけいにひどく泣かれそうだ。体を揺らして寝かしつけようとするおえんを、お妙はただ眺めていることしかできない。

そのまま小半刻（三十分）も泣き続けただろうか。おかやの声から少しずつ力が失われ、やがてすうすうと穏やかな寝息に変わる。おえんと同時に、お妙もほっと安堵の息をついた。

起こさないようゆっくりと、おかやを布団に横たえてゆく。だがおえんの手が体から離れたとたん、つぶらな瞳がかっと開く。

あーん、あーん。

再びぐずりだしたおかやを胸に抱き直し、おえんがげっそりした顔をこちらに向けた。

「困ったことにちょっとばかり、疳が強くてさ」

まるで疲れを知らぬように、おかやは真っ赤になって泣いている。

おかやが落ち着いて寝はじめても、手を放すとまた泣きだすかもしれない。おえんは我が子を抱いたまま、「騒がしくてごめんよ」と詫びてくる。

きっと鋭い子なのだ。紐で負ぶえるようになると楽なのだろうが、おかやが生まれたのは霜月の終わり。今日は師走の二十日ゆえ、まだまだ首が据わっていない。手を放しただけで泣かれては、おえんも人心地がつけぬだろう。

ただでさえ、生まれたばかりの赤子には一刻（二時間）ごとに乳を与えねばならない。母親は細切れにしか眠れず、心身ともに疲れきるものだというのに。

「おえんさん。もしかして、ちっとも眠れていないんじゃないですか？」

心配になって尋ねてみる。おえんは弱々しく微笑んだ。

「いや、あたしは図太いからさ。こうして座ったままでも、寝転んで乳をあげながらでも眠れるんだ。そりゃあゆっくりは寝られないけど、そこまで体はまいっていないんだよ。ただね――」

いったん言葉を切って、外の気配を窺うように目をきょろりと動かす。問題ないと思ったか、声をぐっと落として続けた。

「姑の機嫌が悪いんだよ」

十月の火事で焼け出され、おえんが身を寄せているのは亭主の母、つまり姑の家だ。四畳半に大人三人と、生まれたばかりの赤子。そんな暮らしは珍しくもないが、窮屈には違いない。

「気味が悪いほど優しくなっていたのでは？」

只次郎はおえんの子が無事生まれたと聞いて、今月のはじめにも様子を見に来ている。そのときはまだ、嫁姑の間柄はうまくいっていたようだ。

「あのころは大人しく寝てくれてたんだよ。でも、五日ほど前からかねぇ。特に夜中は、なにをしても泣き止まなくてさ。亭主もろくすっぽ寝ず仕事に行ってるし、申し訳ないとは思っているんだよ」

そう言って、おえんは眉間を寄せる。剃り落としたばかりの眉は、まだ青々としている。

「でもさ、女の子でこんなに疳が強いんじゃ嫁のもらい手がないよとか、あんたの乳がまずいんじゃないかとか、そんなひどい厭味を言わなくたっていいだろ」

ぽたぽたと落ちる涙が、ねんねこ袢纏に吸われてゆく。おえんは姑の、心ない言葉に傷ついていたのだ。

「うちの子はこんなにひどく泣かなかった、あんたが悪いんだと言うくせに、自分だって泣き止ませることができないんだよ。すると『難しい子だよ』とますます機嫌が悪くなる。今日も朝からどこかに出掛けちまうし、もう、肩身が狭くってさぁ」

お志乃のときもそうだったが、子を産んだ母というのは、我が子の一挙手一投足に喜びと不安を滲ませる。よその子と比べて違ったところや、できないことがあると、うちの子は大丈夫なのだろうかと、必要以上に気に病んでしまう。

だからこそ周りの者は、母親を安心させてやるのが第一だ。責めたところで、ますます塞いでしまうだけ。その気持ちは、子にも伝わるものである。

お妙は膝を進め、おえんを包み込むようにして背中を撫でた。

「おえんさんが悪いはずないですよ。いろんな気質の人がいるように、赤ちゃんだっていろいろです。おかやちゃんはやっとこの世に生まれ落ちた自覚ができて、不安なのかもしれませんね。ずっと、お腹の中にいたんですもの」

「ありがとう、お妙ちゃんは優しいねぇ。早く気心の知れた花房町に帰りたいよ。ここだと、ご近所にも気兼ねしちまうしさぁ」

母親が泣いていると分かるのか、袢纏に包まれて眠るおかやも難しい顔をしている。つき合いの長い花房町の面々ならば、子供のことはお互い様と許し合える。だがここではおえんはよそ者だ。子育てそのものよりも、姑やご近所への気遣いが身にこたえているらしい。

「家事だって自分ちならもっと怠けるのにさ、姑の目があると寝転んでばかりもいられない。ああ、お妙ちゃんの料理が食べたいなぁ。『ぜんや』がすぐそこにあったのは、最高の贅沢だったよ」

愚痴を零しながらも食べ物への執着を見せるあたりは、おえんらしい。静かに話を聞きながら、お妙は只次郎に目配せをする。

只次郎はその意を汲んで、脇に置いてあった風呂敷包みをこちらへすっと滑らせた。

「あの、おえんさん。こんなものでよろしければ」

そう言いつつ、風呂敷を解く。中身は艶やかな輪島塗の二段重だ。沈金の施された蓋を開けると、飴色に輝く料理が現れる。

「お祝というほどのものではないんですが、鯉の飴煮を作ってきました」

鯉は滋養に富み、乳の出がよくなると言われている。その苦玉と呼ばれる胆嚢だけを取り除き、筒切りにしてわたごと煮た。骨まで食べられるようことこと煮込み、最後に水飴を加えて照りを出したものである。

「それと、産後の体によさそうなものをいくつか」

重箱の下の段には、ひじき豆に法蓮草の胡麻汚し、根菜の煮物を詰めてきた。どれもこれも、骨や歯を丈夫にしたり、血を作ったり、乳の質がよくなると言われる食べ物だ。

泣きじゃくっていたおえんが顔を上げ、重箱の中を覗き込む。涙は早くも引っ込んでしまったらしい。

「嬉しい、お妙ちゃん！」

「魚や青物は、お志乃さんが揃えてくださったんです」

「ああ、お志乃ちゃんも！」

『ぜんや』があったころとは違い、お妙の手元には食材がないし、金子もない。お志乃の力添えがなければ、できなかった料理である。

「持つべきものは、友達だねぇ。ああ、いけない。また泣けてきちまった」

片手で目頭を押さえ、おえんは笑う。腹の虫がきゅるきゅると鳴り、「あらやだ」と声を出して笑った。

「不作法だけど、かやを抱いたまま少し食べてもいいかい？　こんな美味しそうなもの、我慢できないよ」

「もちろんいいですよ。お箸とお皿、取ってきましょう」

「ありがとう。そこの、流しのところに伏せてあるからさ」

台所の流しには手桶と洗った俎板が立てかけられて、縁の欠けた皿と箸もそこに伏せ置かれている。お妙が立ち上がる前に、上がり口に座っていた只次郎がさっと動いて持ってきてくれた。

おえんは左腕におかやを抱いたまま箸を取り、皿に鯉の飴煮をひと切れ載せた。艶々と光る鯉の身に、満足そうに目を細める。

「久しぶりの、お妙ちゃんの料理だ」

だがいざ箸を入れようとしたそのとき、入り口の障子戸ががたぴしと音を立てて開いた。

冷たい風が吹き込み、お妙は首を縮めて振り返る。鬢の毛に白いものが目立つ大年増(おおどしま)が、むっつりとした顔で立っていた。

「なんだい、お客が来てんのかい」

まるで叩(たた)きつけるような口調だった。おえんの姑と思(おぼ)しき人は、そう言いながら障子戸を後ろ手に閉める。上がり口にいる只次郎が脇によけると、ぎょろりとした目で睨(にら)みながら下駄を脱ぐ。

「お邪魔しております。おえんさんたちと、神田花房町で一緒だった者です」

留守のうちに上がり込んでしまったのだ、訝(いぶか)しがられてもしょうがない。怪しい者ではございませんと、お妙は居住まいを正す。

それでも姑は、「ああ、そう」と素っ気ない。おえんの傍らにどさりと座り、「うう、寒」と手を揉(も)み合わせる。

「かやは、寝たところかい？」

「ああ、よく寝てるよ」

「睫毛が濡れてるじゃないか。どうせまた大泣きしたんだろ」

ねんねこ袢纏の中を覗き込み、姑が吐き捨てる。顔を曇らせたおえんをよそに、こちらに身を乗り出してきた。

「悪いね、あんたたち。うるさかったろ。どうにも疳の強い子でね」

歯切れのよすぎる喋りかたは、元々の癖なのかもしれない。この口調で厭味を言われては辛かろう。お妙は「いいえ」と首を振る。

「泣くのは赤ちゃんの仕事ですから」

「いや、それにしたってひどい。昨日だって寝入りばなから明け六つ（午前六時）まで、ほとんど泣き通しだったんだ。赤子だって疲れちまう」

姑もあまり眠れていないのだ。苛立つ気持ちはよく分かる。だが、子のことで一番悩んでいるのはおえんである。追い詰めるような言動は慎んでいただきたい。

「ですが――」

どう言ったものかと思案しつつ、口を開く。差し出がましくはならず、説教でもなく、姑を納得させられないものか。

「だから、もらって来てやったよ」

お妙が言葉を探しているうちに、姑は懐をまさぐり、白い札を取り出した。

「友達に虫封じに効く寺を教えてもらってね。しっかりお参りしてきたからさ」

朝から出掛けていたのは、そのためか。信じられぬとばかりにおえんが目を見開く。

「それならそうと教えてくれたら、あたしたちも一緒に行くのに」

「なに言ってんだい。この寒空の下、生まれたての赤ん坊を連れて一刻も歩けるもんか。かやが風邪（かぜ）を引いちまう」

ということはつまり、一刻も歩かねばならない寺まで足を延ばしてくれたというわけだ。姑が、守り札をおえんに差し出す。

「ほら、こんなことしかしてやれなくて悪いけど」

もしやこの姑、口調がきつく、言いすぎてしまうきらいがあるだけなのか。本当は年の功にもかかわらず役に立たない己に、不甲斐（ふがい）なさを覚えていたのかもしれない。

「おっかさん――」

守り札を受け取ったおえんの目が、またもや潤んでゆく。子を産んだせいか、ずいぶん涙もろくなったものだ。

「そんなふうに思ってくれてたなんて、知らなかったよ。かやのために、ありがとう」

姑にとっても初孫なのだ。おかやのことが可愛くないはずがない。

だが素直な質(たち)ではないらしく、姑は「ふん」と照れたようにそっぽを向いた。

「でもこのお札、『安産』って書いてないかい？」

「へぇ、そうかい」

「間違えたの？」

「細かいことを気にするんじゃないよ」

間違えたらしい。姑は、耳まで真っ赤になっている。

「いや、気にするよ。だってもう産んじまったし」

「ああ、疲れた。たんまり歩いたから、腹が減った」

気まずさを紛らわすためか、わざと声を張り上げる。今はじめて気づいたかのように、おえんの膝元のお重に目を落とした。

「おや、ちょうど旨(うま)そうな飴煮があるじゃないか」

「あ、ちょっと！」

おえんが止めるのも聞かず、鯉が盛られた皿と箸を取り上げる。

よく煮込まれた身にふわりと箸を入れ、ひと口大に切り分けた。それをぱくりと頰(ほお)張(ば)って、姑ははっと目を瞠(みは)る。

「なんだいこれ、口の中で溶けちまう！」

悲鳴のようなその声に、眠っていたおかやがびくりと身を震わせた。

二

おえんの元では半刻（一時間）ほど時を過ごし、後ろ髪を引かれつつも暇を告げた。

姑は姑なりに孫の心配をしていたのだと悟り、おえんも胸のつかえが下りたようだ。守り札を受け取ってからはよく笑い、よく食べた。

ご近所へも姑があらかじめ、「赤子が生まれるので」と昆布などを持って挨拶に回っていたという。

「隣の夫婦だって一昨年に赤子が生まれて、朝夕の別なく泣いていたもんさ。文句を言える義理はないよ」

けっきょくどこの裏店も、持ちつ持たれつ。自分だっていつ何時、人の世話になるかもしれない。誰だって、少しずつ周りに迷惑をかけながら生きているのだ。そんなことも分からずに文句をつけるのは、ただの傲慢である。

おえんたちが暮らす海辺大工町を出て西へと歩き、大川に架かる新大橋を渡ってゆく。橋の上は冷たい風が吹き抜けて、御高祖頭巾を被っていても、出ているところが寒く感じる。もうすぐ昼だというのに陽射しがなく、霙でも零れてきそうな空模様だ。

「お妙さん、やっぱり真っ直ぐ帰ったほうが」

すぐ後ろにつき従う只次郎が、気遣わしげに声をかけてくる。お妙はお志乃の着物を借りているので、傍目には商家の女と出入り職人のように見えていることだろう。

「なんと言っても今日は、大寒ですし」

一年のうち、もっとも寒いと言われる頃おいだ。しかし暖かくなるのを待っていたら、年が明けてしまう。やっと体の調子が戻ったのだから、じっとしてはいられない。

お妙自身、頭に靄がかかったようではっきりとは覚えていないのだが、火事の後しばらくは魂が抜けたようになっていたそうだ。その間ほとんどものを食べずにいたらしく、正気を取り戻してからも、なかなか体の調子が戻らなかった。そればかりかひどい風邪をひき、つい先日まで寝込んでいたのである。

十月の火事から、ゆうにふた月近くも経ってしまった。遅れを取り戻すではないが、じっとしているとやけに焦る。只次郎に「もう少し休みましょう」と勧められても、そんなことをしている場合なのかと、身の内がじりじりと炙られる。

「すみません、ひと目だけ。ちらりと様子を見るだけですから」

言い訳めいた台詞を返し、新大橋を渡りきる。お妙が身を寄せている新川の升川屋に戻るなら、もう少し南の永代橋を渡ればすぐだ。だがどうしても、寄っておきたいところがあった。

延焼しづらい武家地を抜け、日本橋の町人地に出ると、とたんに大工や左官の姿が多くなる。焼けてしまった町が、職人たちの手によって再興されようとしているのだ。

中には木の香りがする真新しい建物で、早くも商いをはじめている商家がある。ああいった家は江戸名物の火事に備え、普段から材木屋に再建用の木材を預けてあるのだ。焼け跡さえ片づけてしまえば、すぐにでも家を建て直し、商いに取りかかれる。

常と変わらぬ手代の呼び込みの声が、心強い。お妙はさらに北へと進む。見慣れたはずの町はまだところどころ、歯が抜けたように更地が目立った。神田川に架かる筋違御門橋の手前までくると、急に見通しがよくなった。

「あ、ちょっと」

只次郎の制止も聞かず、足を速めて川向こうに渡る。すぐ手前が、神田花房町。『ぜんや』の建物がそこにあるはずだった。

しかし川沿いの町は、対岸も含めて更地のままだ。他の町からはひっきりなしに槌の音が聞こえてくるというのに、この一帯は焦げた地面や柱の跡と思しき穴を風にさらし、捨て置かれている。

先日の火事で火が日本橋にまで及んだのは、火の粉が神田川を越えて飛んだせいだった。お上は川沿いが燃えてしまったのをいいことに、そこを火除け地とすると決めたらしい。

お上としては、なにより燃えて困るのは千代田のお城。神田川より北で起こった火事は、どうにか川向こうで食い止めたい。よって神田須田町二丁目、小柳町三丁目、松下町一丁目、そして花房町などの一部を火除け地とし、代地を与えることになった。

亡き夫、善助との思い出が詰まった『ぜんや』の建物が消失しただけでなく、ついに土地まで取り上げられてしまった。更地になってみると案外、広いものだ。きっとこのあたりが入り口だろうと見当をつけて、お妙は焼け跡へと踏み込んだ。

調理場は、たぶんあのへん。柱の穴がここにあるなら、その先が小上がりで、あちらが二階へと続く階段。このくらい歩けばもう、勝手口まで来ただろうか。

お妙はくるりと振り返り、『ぜんや』の光景を思い浮かべる。十一の歳からずっと、ここで日々を過ごしてきた。善助がお妙のために整えて、守り育ててくれたのだ。慣れ親しんだ場所のはずなのに、こうしてなにもなくなると、本当に十八年も暮らしたのかと訝るほどによそよそしい。毎日少しずつ積み上げてきたものでも、失うときは一瞬である。

お妙はそのことを、よく知っている。

強い風に着物の裾を煽られる。お妙ははっと正気に返り、慌てて手で褄を押さえた。

「お妙さん」

呼び掛ける声に顔を上げれば、いつの間にか只次郎が傍らに立っている。

「じっとしていると冷えますよ。どうです、ついでに代地も見に行ってみませんか」

代地の場所は、遠くはない。ここから御成街道を少し北に歩くだけ。旗本であった永井氏の、屋敷の跡地を下された。そちらでは、新しい町が着々と出来上がりつつある。

只次郎は、お妙の目を過去よりも未来に向けさせたいのだろう。寝込んでいた間、見舞いに来てくれた旦那衆も、「早く元気になって、また『ぜんや』の料理を食べさせてくださいね」と言うばかり。町が出来上がったところで表店を借りる金などないが、「それについてはご心配なく」と胸を叩いた。

おえんだって神田花房町代地にはあたりまえのように『ぜんや』があるものと思っているし、鯉の飴煮に舌鼓を打った姑も、落ち着いたら食べに行くよと請け合ってくれたところである。

誰も彼も、お妙が『ぜんや』を続けると信じていた。いや、只次郎だけは、危ういものを感じているのかもしれない。事実お妙は、迷っている。

そもそも『ぜんや』を一人で切り盛りしていたのは、善助が遺してくれた店だからだ。夫を亡くした後はお勝に励まされ、どうにかこうにか続けてきた。

だが花房町代地に建つであろう表店は、善助とはもはやなんの縁もない。それなのに、また一から道具を揃えて続けてゆくのか。ご隠居たちに、金子を出してもらってまで。

このへんが、潮時なのかもしれない。なにより胸を炙るような焦りが、それでいいのかと問いかけてくる。

お妙はすべて思い出したのだ。ふた親が押し入ってきた賊に殺されるのを、息をひそめて見ていたことを。

それからすぐに、炎に包まれた堺の家。地獄のような光景に耐えきれず、幼いお妙は記憶に蓋をしてしまった。

その蓋が開いてしまった今、考えずにはいられない。あのときの賊は、ただの押し込みだったのだろうか。

そのわりに、不審な物音がしてすぐ母は、お妙を押し入れに隠してくれた。こういうことも起こりうると、前々から覚悟していたのではないか。

父である佐野秀晴は、一介の医者ながら、当時の老中田沼主殿頭の覚えもめでたかった。商人に力を持たせて国を開き、諸外国と交易すべしという考えを持っており、反田沼派からは煙たがられていたはずだ。田沼を追い落とす前に蹴散らしてしまえと、誰かが絵図を描いたとしても不思議はない。

夫のみならず、父母まで殺されていたなんて。

あまりにも敵が大きいため、黒幕は突き止めぬと一度は決めた。だがもし父母の死にまでかかわっているのなら、恨み言の一つも吐いてやりたい。

もう、十九年も前の出来事だ。父と母は無惨にも匕首で滅多刺しにされたのだと訴えたところで、証拠となる物はない。下手人だって金で雇われただけかもしれず、探し出すのは困難だろう。

只次郎がそれとなく近江屋に探りを入れてくれたようだが、佐野夫妻は焼死だったと信じ込んでいるらしい。ひと芝居打って己の罪を吐かせたときにも、たしかそのようなことを言っていた。おそらくなにも知らないのだ。

腑に落ちないことは、まだある。孤児になったお妙を迎えに来た善助の、到着がやはり早すぎる。

火事から数日しか経っていなかったのに、「長崎にいたんで、すっかり遅くなっちまった」と詫びた善助。船を使ったところで、そんなに早く着けるはずがない。ならばお妙のふた親の訃音は、いったいどこで聞いたのだ？

もしや敵方に主を売ったのではないかという疑いまで頭をもたげたが、父を慕う善助の気持ちに嘘はなかったように思う。商人としてものになりそうになかったところを、拾ってもらった恩があるのだから。

しかし善助にそのつもりがなくとも、知らぬ間に加担させられていたかもしれない。

そんなことを疑いだすときりがなく、心が常に落ち着かない。

だから本当に、『ぜんや』を再開することにまで頭が回らないのだ。花房町代地ができ上がったところで、そこに住むかどうかも分からなかった。

「いいえ、もういいです。帰りましょう」

代地を見に行こうという誘いに、首を振る。只次郎は残念そうな顔をして、なにも言わずに微笑んだ。

その胸に崩れるようにして泣きじゃくってしまってから、只次郎の目がうまく見られない。同じ部屋にお志乃もいたのに、求めたのは只次郎の温もりだった。

悲しみに暮れるお妙に根気よくつき合い、背中を撫で続けてくれた。そのときに嗅いだ少し香ばしいような、只次郎のにおいが忘れられない。目が合うと赤面しそうになり、ついと逸らす。

只次郎のほうではどう思っているのか。近ごろは、遠慮がちに接してくる。珠についた瑕をそれ以上広げぬよう、両手で包み込むような感じ。年の暮れは鶯稼業も忙しかろうに、毎日様子を見に通ってくる。

「そうですか、では」

だから今度も無理強いはせず、升川屋への帰路につく。道中に「八里半」の提灯を出した焼き芋屋があり、「懐炉代わりに」と手拭いで包んで渡してくれた。

冷えた手に、じわりと温もりが染みてゆく。芋の香りを嗅ぐふりをして、お妙は只次郎の懐から出てきた手拭いを、そっと頬に押し当てた。

三

下り酒問屋升川屋の台所は、朝から大童である。

なにしろ七十人ほどいる奉公人に、朝餉を食べさせてやらねばならない。そのため台所方の女中たちの朝は早い。ひっきりなしに飯を炊き、汁を作り、箱膳を持って交代で食べにくる奉公人に出してやる。

今朝のお菜は切り昆布と油揚げの煮物、箸休めにべったら漬け。これらは大皿に盛っておけば、銘々で取り分けてくれる。たまに「茶がもうねぇよ」と声をかけられ、大きな土瓶を持って走る。

まさにもう、上を下への大騒ぎ。商家ゆえ昼餉や夕餉はばらけるのだが、朝だけはどうしても忙しない。

そんな騒ぎも明け六つ半（午前七時）には収まり、ようやく台所方の食事である。さっきまで人が大勢出入りしていた板の間に茣蓙を敷き、火鉢を囲んで車座になる。仲のいい者同士で隣り合って、箸を取った。

「わ、この切り昆布美味しい」

右隣に座る女中のおくめが、口元を押さえて目を丸くする。お妙が味つけを担ったものだ。

「本当。香ばしくて、ご飯が進むったらないわ」

左隣のおみつはそう言いながら、白飯を掻き込んでいる。

「ありがとうございます。仕上げに胡麻油を回しかけただけなんですけどね」

味つけも飯を山盛り食べる奉公人のため、やや煮詰めて濃いめにした。一汁一菜向けの味加減である。

おえんのために料理を作ってから、すでに三日。台所を貸してもらったお礼にと、お妙は女中に立ち交じって働いていた。

お志乃にはそんなことをしなくてもいいと言われ、只次郎にも体の心配をされているのだが、離れでぼんやりしているのも心苦しい。それにじっとしていると埒もない考えが頭の中を巡り続け、いてもたってもいられない気持ちになる。だったら体を動かしていたほうがましだった。

「それだけでこんなに美味しくなるんですね。男の人たちも、喜んでいました」

太物問屋の菱屋などは台所方も含め奉公人は男ばかりだが、升川屋はそうではない。おみつの向こう側に座る女中は店の中に想い人がいるらしく、ほんのりと頬を赤らめた。とはいえあちらが一人前になるまでは、色事は禁じられている。

「お妙さんの料理が食べられるなら、皆もっと仕事に励みます。ですから、ずっとここにいてくれませんか？」

なぜかお妙に懐いているおくめが、上目遣いに甘えたような声を出す。

「それがいい」と、他の女中たちも冗談めかして笑った。

「そうね。お志乃さんに言って、雇ってもらおうかしら」

お妙もまた、唇の先でうふふと笑う。

それも案外、悪くない。目の前のことに忙殺される女中勤めは、今の気分に合っていた。

年が押し詰まるにつれて、台所は正月料理の準備でさらに忙しくなることだろう。離れに置いてくれたお志乃に恩を返すためにも、存分に働くつもりである。

他愛のないお喋りに花を咲かせながら、女たちの朝餉は進む。空になった茶碗(ちゃわん)に番茶を注(つ)ぎ、残った米粒ごと飲み干した。そんな和やかなひとときをかき消すように、勝手口のほうから女の甲走った声が響く。

「せやけど困ります。これじゃ話になりまへん！」

この上方言葉はお志乃が灘(なだ)から連れてきた、おつなに間違いない。お妙はなにごとかと振り返った。

下駄を履いて土間に下り、勝手口へと近づいてゆく。おつなに責められて肩を縮めているのは、まだ月代(さかやき)が青々とした若者だ。前掛けには屋号が染め抜かれており、出入りのお店の手代らしい。

「どうなさいました？」

声をかけると、おつなが不機嫌そうにこちらを睨む。だがそこに立っているのがお妙と分かると、目に仰天の色を浮かべた。

「えっ、お妙はん。こちらで召し上がってはりましたん？　朝餉なら、離れに用意しますのに」

「ありがとうございます。でも、皆さんと食べたほうが楽しいですから」

師走に入ってからは奥向きを取り仕切るお志乃も忙しく、離れで食事を共にすることもなくなった。同じく忙しいおつなに膳部を運ばせるのも申し訳なく、おくめたちと食べるに至ったのである。

「それよりも、なにが？」

問いかけながら、手代の足元に置かれた荷をちらりと見遣る。干し椎茸に、干瓢、昆布、鱓に干し数の子。どうやら乾物屋だ。

「嫌やわ、お恥ずかしいとこを見せてしもて。いえね、前々から頼んどいた品を、このお人が持ってきてくれまへんので」

「いえ、あの、こちらの手違いでして。申し訳ございません」

持って回った上方言葉に、手代は恐縮して腰を折る。まったく、嫌な言い回しをするものだ。

「なにがないんです？」

「小豆です。明日の餅搗きで使いますのに」

先ほど女中たちから聞いた話によると、升川屋では師走最後の大安の日に、奉公人総出の餅搗きが行われるらしい。庶民ならば正月の餅は鳶人足が杵と臼を持って家の前で搗いてくれる引きずり餅か、餅菓子屋に頼む賃餅で調達するが、奉公人を多く抱える家では自家で搗く。

升川屋ではその際に搗きたての餅が皆に振舞われるそうで、台所ではたっぷりと餡子を炊く。まだほのかに湯気が上がる柔らかな餅を、甘い餡子で食すのである。

「すみません、なにせこの年の瀬ですので、今から駆け回ってもご注文の量を集められるかどうか」

「ええ〜っ！」

台所女中たちも楽しみにしていたのだろう。手代の弁明に、不満の声が上がる。奉公人全てに餡子餅を行き渡らせるには、そうとうな量の小豆が必要だろう。

「そこをどうにかできまへんの。あんさんのお店とは、長いつき合いやと聞いてますえ」

おつなもまた、少しも引かない。毎年恒例の行事ができぬとなれば、台所方を差配している己の落ち度となってしまう。

「それはもちろん、できるかぎり集めさせてもらいますが」

「だからそれは、どのくらいですのん」

「一升か、二升――」

「足りまへんなぁ！」

これはもう、憂さ晴らしに手代を虐めているだけだ。たしかに注文を間違えたのは悪いが、失敗は誰にだってあるし、責め立てたところで小豆が手に入るわけでもない。

「まぁまぁ、おつなさん」

差し出がましいとは思ったが、見かねて二人の間に入る。可哀想に、手代は真っ青になっている。

「一升か二升なら、集められるんですよね。だったらすぐに、行ってもらったほうがいいのでは？」

「せやけど、それじゃあ量が」

「搗きたてのお餅を美味しくするのは、なにも餡子ばかりじゃないでしょう」

そう言って、お妙は板の間からやり取りを窺っている女中たちを顧みた。

「ね、皆さん。いろんな味があってもいいと思いませんか？」

うんうんと、頷く顔は期待に満ちている。正直な女たちである。

「ですから小豆の他に、黄粉と胡桃を持ってきてもらってはどうでしょう。あとは、台所にあるものでどうにかします」

「黄粉と、胡桃」

鸚鵡返しに呟くおつなの喉が、ごくりと鳴る。それも悪くないと思い直したらしい。

「ほな、そうしてもらいまひょ。よろしいか？」

「はい、かしこまりました！」

乾物屋の手代が背筋を伸ばし、礼をする。救われたとばかりにお妙にも、ぺこぺこと頭を下げた。

「あとの細かいことは、お任せしてよろしいおすか、お妙はん」

勝手口から出てゆく手代を尻目に、おつなが念を押してくる。お妙が場を取り仕切ったなら、自分が責められることはない。思惑が透けて見えたが、お妙は「ええ、大丈夫です」と微笑んで見せた。

四

翌朝は朝餉とその片づけが終わっても、台所方は休む間もなく動き回っていた。

昨晩のうちに研いで水に浸しておいた糯米が、次々と蒸籠で蒸されてゆく。もうもうと湯気が上がる台所では、大きな擂鉢で胡桃を擂る者、大根や人参といった野菜を切る者、鰹節を削る者、大根をひたすら擂り下ろす者と、銘々が割り振られた仕事を手際よくこなしている。

お妙もまた擂鉢でよく練った海老を鍋で炒りつつ、指示を飛ばす。

「鰹節は、腹節を薄めに削って。葱は斜め薄切りにしてください。大根おろしは、大根の頭側と尻尾側で別に盛りましょう。お醬油はまだかけなくていいです」

お妙が出しゃばったせいで例年より忙しくなっているが、女中の誰からも文句は出ない。日ごろの指導がいいのか、皆真面目によく働く。

「お妙さん、できました」

おみつが匙で胡桃だれを掬い、手渡してくれる。それを舌でぺろりと舐め、お妙は頷いた。

「うん、美味しい。中庭に運んでください」

中庭ではすでに男衆が、杵と臼といった道具類や、縁台、火鉢などを出し、用意を整えてくれている。準備ができたものは次々に、外へと送り出してゆく。

「糯米、蒸し上がりました」

「はい、熱いですから気をつけて」

お妙は手早く芝海老のおぼろを仕上げる。味つけは、ほんのり甘め。それを盛りつけた皿を手に、中庭の様子を窺いに行く。

「よぉし、気合いを入れて搗いてくぜ！」

庭に用意された臼は二つ。升川屋喜兵衛が意気揚々と、杵を肩に担いでいる。まずは当主自らが搗くようだ。

「どっちが先に搗き上がるか、勝負だ！」

そして驚いたことにもう一つの杵は、只次郎が担いでいた。いつものようにお妙に会いにきたところ、餅搗きに巻き込まれてしまったのだ。腰のものをいったん置いて、やれやれと首を振る。

「旦さん、腰に気をつけとくれやす」

庭に面した縁側には、千寿を抱いたお志乃と大奥様が並んで座っている。愛しい妻の声援を受けて、升川屋が杵を振りかぶった。

餅を返す合いの手には、それぞれ手代がつくようだ。搗き手との呼吸が合わなければ、うっかり手まで搗かれかねない。升川屋があまりにも勢いよく杵を振り下ろしたので、そちらの手代はすでにへっぴり腰だ。

「おいこら、なんだよその合いの手は。もっとこう、外から内へと餅を返せ」

「熱いんですよ」

「蒸したてなんだから、あたりめぇだ！」

二人の呼吸が早くも乱れている。しかも升川屋が杵を振り下ろす位置や速さがまちまちなので、手代はうかつに手を出せない。

「いいですか、トン、ツン、トン、ツンの調子でいきましょう」

一方只次郎のほうは、難なく息を合わせている。動きにぶれがないので、手代も安心して合いの手を入れられる。

「ちょっ、なんだよ林様、うめぇじゃねぇか！」

「こちとら、伊達(だて)に朝稽古(あさげいこ)をしているわけじゃありませんから」

なるほど、腰をやや落とし、振り下ろす様は木刀の素振りに似ている。鍛錬の賜物(たまもの)か、腰から下がほとんど動かないのは大したものだ。

「旦那様、踏ん張ってぇ！」

「もっと腰を落とすんです！」

「ああ、駄目だ。もう腕が震えてる」

周りを取り囲む奉公人が、不甲斐ない升川屋に気安く声をかけている。今日はお祭り騒ぎの無礼講というわけだ。当主の飾らない人柄のお陰もあって、皆が楽しそうである。

もっとも集まっている奉公人は、ほんの一部だ。小僧や手代には表向きの仕事があるため、交代で参加することになっている。台所方も同じくである。

「うっ、いけねぇ。脇腹が引き攣った。おい、代わってくれ」

餅にはまだまだ米の粒が残っているというのに、升川屋が音を上げた。杵を託した相手は、身の丈六尺（約一八〇センチ）はありそうな大男だ。

「あっ、それはずるいですよ！」

「なにがずるいもんか、うちの下男だ」

いかにも力仕事向きの体つきである。振り下ろす杵の、一撃が重い。搗き手が代わったとたん、餅はみるみる滑らかになってゆく。

「ああもう、暑い！」

だんだん追い上げられてきて、焦ったのか、只次郎はついに諸肌を脱いだ。ほどよく発達した筋肉に、女中たちから黄色い声が上がる。

見違えるほど厚くなった胸板を目にし、お妙はいたたまれず台所へと引き返した。勝手口から中に滑り込み、頰に手を当ててみる。

案の定、火照ったように熱くなっていた。

餅搗き勝負は、わずかの差で下男が勝ったらしい。

「惜しかった！」と嘆きつつ、只次郎が手拭いで体を拭いている。

勝ったほうの餅で、当主が手ずから鏡餅を拵えるようだ。店の神棚と、奥の神棚、それから仏壇、台所と井戸にもやや小ぶりのものを。都合五つの鏡餅ができ上がった。

只次郎が搗いた餅は、台所方によってちぎられ、どんどん皿に落とされてゆく。それを見てお妙は運んできた鉢を縁台に置いた。

「そら、仕事に戻る奴らから食ってけ。いつもと違って味つけは、お妙さんがたんまり拵えてくれたから、好きなのを選べよ」

升川屋に勧められるまでもなく、食べ盛りの小僧や手代はすでに餅をもらい、縁台の周りを取り囲んでいる。

用意したのは、どうにか二升集まった小豆で炊いた餡子、黄粉、胡桃だれ、大根おろし、納豆、葱と鰹節、芝海老のおぼろ。そして今、おくめが熱々ののっぺい汁を、大きな鍋ごと運んで来た。

寒空に上がる湯気に、奉公人たちから歓声が上がる。具はけんちん汁と似たようなものだが、煮る前に油で炒めず、仕上げにとろみをつけたものがのっぺい汁だ。吹き冷ましながらそのまま啜るもよし、餅を入れてもよしである。

「どうしよう、目移りしちまって選べないや」

「オイラは半分ずつ味を変えるぜ」

「なんだそりゃあ、天才か！」

俵屋の熊吉と背格好の似た小僧たちが、縁台の傍ではしゃいでいる。これだけあると、決めきれないのもよく分かる。

「好きなように食べてください。ただ辛いものが苦手なら、こちらの大根おろしではなく、あちらのお皿から取るといいですよ」

一人が大根おろしに手を伸ばそうとするのを見て、親切のつもりで話しかける。だがお妙はこの歳ごろの、負けん気の強さを忘れていた。

「そんなもの、平気さ」

「芥子(からし)も山葵(わさび)も食べられるぜ！」

「じゃあ、オイラはあっちの皿のにしよう」

忠告も聞かず、三人のうち二人が手前の大根おろしを取ってしまった。好きなだけ醤油をかけて、ぱくりと頬張る。そのとたん、二人は文字通り飛び上がった。

「辛ぇ！」

「なんだこりゃ、喉にくる！」

お妙の忠告を聞いた小僧だけが、きょとんと首を傾(かし)げている。

「こっちはむしろ甘いくらいだよ」

大根は一本の中でも、部位によって辛さが違う。尻尾に行くほど辛いわけだが、世の中にはこの辛みがたまらなく好きだという者もいる。そのため、皿を分けておいたのだ。

「ああ、本当だ。辛さが違う。でも俺は、辛いほうが好みだなぁ」

「七味をかけてもオツだぜ」

思った通り年嵩(としかさ)の手代となると、分かっていて辛いほうを選んでいる。辛さのあまり目に涙を滲ませつつ、「旨い」と言って喜んでいる。

二人の小僧はすっかり懲りたか、残しておいた餅の半分は、甘い餡子で食べていた。

「あたしは甘辛い胡桃だれ。これ、味噌が入ってんだね」

「あっ、あんた。納豆に大根って、二つも載っけてずるいじゃないのさ」

「ここへさらに、海老のおぼろも載せるのさ」

「んまぁ、欲張り!」

女中たちも負けじと喧しい。男たちよりも、食い意地が張っている。

「なくなったらまた作りますから、いくらでも載せてください」

お妙の勧めに、女たちはいっそう活気づいた。

「本当? じゃあ、葱とおかかも載っけちゃおう」

「だったらあたしは、納豆と餡子!」

「さすがにそれは、気持ち悪いよ」

「いや、もちもちして、案外美味しい」

「嘘だろう!」

「本当に、美味しい」

なにを美味しいと思うかは、人それぞれ。お妙ではとても考えつかない組み合わせに、思わず耳を疑った。

奉公人たちが舌鼓を打つ傍らで、本日二度目の餅搗きがはじまっている。

次は同じころに奉公に上がった、手代二人の対決だという。歳も同じで身丈も同じ。日ごろから、なにかと競い合う間柄だ。

「ほらほら、もっと速く！」

「あっち、へたばってきてるぞ！」

「腕が痛い？　知るもんか。ほら、あと少し！」

升川屋のときとは違い、周りからの声援も容赦がない。二人とも、額に汗して餅を搗く。

「よぉし、やったぁ！」

「くっそぉ、負けた！」

今度は勝ったほうの餅を、餅取り粉をまぶしたのし板に広げてゆく。こちらが正月の、雑煮用の餅になるのだ。

負けたほうはまたもや手でちぎられ、奉公人に振舞われる。負けを翌年に持ち越さないという、升川屋ならではの験担ぎ（げんかつぎ）なのだろう。

餅を食べ終えた者は速やかに仕事に戻るので、奉公人の顔ぶれはどんどん入れ替わってゆく。その度にまた、同じようなやり取りが繰り返される。

「ううん。この葱と鰹節、醬油を垂らすと旨ぁい！」

升川屋と並んで餅を食べている只次郎が、白い息を吐き出しながら天を仰ぐ。もしや二個目ではないだろうか。これだけの人がいても、誰よりも旨そうに食べている。

「お妙はん」

優しい手が、背中に触れた。小柄なお志乃が横に立っている。

「ずっと立ちっぱなしですよって、ちょっと座りまへんか」

また体を気遣われてしまった。お妙は「平気ですよ」と首を振る。

「今日は特に、体の調子がいいみたいです」

ここしばらくはずっと頭の中がもやもやしていたが、今はそれもない。皆が楽しそうにしているお陰で、雨上がりの空のような、晴れやかさすら感じている。

搗き手を替えて、餅はさらに搗かれてゆく。それでもまだ用意した糯米の、半分も使っていないだろう。大店では、正月に入り用な餅の数も尋常でない。

「それならまぁ、ええんどすけど。お餅、食べはりました？」

「もう少し後でいただきます」

今はまだ腹を満たすより、幸せそうに食べる人々を眺めていたかった。

縁側ではまだ餅を食べられない千寿が、飯を小さく丸めたものに黄粉をつけて食べさせてもらっている。「おいちー!」という幼い声に、お妙は我知らず目を細めた。

「この度は、ほんにおおきに。お陰で、おつなを叱らずにすみました」

「いいえ。こちらこそ、差し出たことをしてしまって」

礼を言われるほどのことではない。焼け出されてからというもの、お志乃にはもっと世話になっている。いっそのこと本当に、升川屋の台所方になってもいいくらいだ。

「楽しいんでしょう?」

「えっ?」

ずいぶん唐突な問いかけだった。お志乃は京人形のような小作りな顔で、お妙をじっと見上げてくる。

「お妙はんは、人を喜ばすのが好きどすから。気づいてますか、さっきからずっと笑ってはりますえ」

まさかと思い、頬に触れてみる。それを見て、お志乃がくすくすと笑いだす。

「そんな急に真顔にならはって。ああ、可笑しい」

ふた親のことを思い出してから、心の底から笑えたためしがない。上辺だけ取り繕うことはできても、胸にあるわだかまりが常に邪魔をした。

それなのに、自然と笑っていたのか。餅に舌鼓を打つ人たちを眺めながら？

「お妙はん。『ぜんや』はやっぱり、続けまひょ」

お志乃は切れ味のいい言葉で、お妙の迷いをすっぱりと断ってくる。

「人生の楽しみを、手放してはあきまへん。人は己の楽しみによって、生かされるんどす」

店を続けるかどうかという悩みなど、誰にも話してはいなかったのに。只次郎だけでなく、お志乃にまで見透かされていた。

いや本当は、見舞いに来てくれた旦那衆だって、薄々感じていたのだろう。だからあえて『ぜんや』の話題を持ち出し、お妙を励まそうとしていたのかもしれない。

「そのことを何度もうちに教えてくれたんは、お妙はんの料理やった。今度は、うちが背中を押す番や」

背に添えられたお志乃の手から、たしかな熱が伝わってくる。

「今はまだ、ご両親のことで頭がいっぱいなんは分かります。せやからこそお妙はんには、『ぜんや』が必要や。うちも含め、助けてくれる人はようけおります。また一から自分の手で、居場所を作っていきまへんか」

「お志乃さん――」

ずっと、妹のようなものだと思っていた。泣きついてくれば手を差し伸べて、明るいところへ引っ張り上げてきた。それなのにお志乃はいつの間にか、隣に並んで真っ直ぐに前を向いている。

「見て、お妙はん。皆、お餅を食べて笑ってるわ。このひとときが支えになって、なにかを乗り切れる人がいるかもしれまへんな。ほら、うちらも行きまひょ」

背中にあった手が、差し伸べられる。お妙がおずおずと手を重ねると、きゅっと握り込んできた。

「うちもまだ、お餅食べてまへんの。お腹が空いてきましたわ。お妙はんは、どれにします？」

一歩前に踏み出すごとに、目頭が熱くなってくる。

スンと鼻を啜ってから、お妙は答えた。

「では涙が出るほど辛い、大根おろしを」

「月見団子」「骨切り」「忍ぶれど」「夢うつつ」は、ランティエ二〇一九年十一月～二〇年二月号に掲載された作品に、修正を加えたものです。

「持つべきもの」は書き下ろしです。

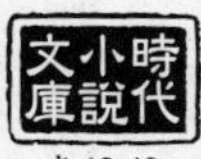

さ 19-10

とろとろ卵(たまご)がゆ 居酒屋(いざかや)ぜんや

著者 坂井希久子(さかいきくこ)

2020年3月18日第一刷発行
2020年4月18日第三刷発行

発行者 角川春樹

発行所 株式会社 角川春樹事務所
〒102-0074 東京都千代田区九段南2-1-30 イタリア文化会館

電話 03(3263)5247[編集] 03(3263)5881[営業]

印刷・製本 中央精版印刷株式会社

フォーマット・デザイン&シンボルマーク 芦澤泰偉

ISBN978-4-7584-4328-9 C0193

http://www.kadokawaharuki.co.jp/[営業]
fanmail@kadokawaharuki.co.jp[編集] ご意見・ご感想をお寄せください。